U0684468

纯美秘境

陈思和
宋炳辉

主编

四川人民出版社

图书在版编目（CIP）数据

纯美秘境/陈思和，宋炳辉主编．—成都：四川
人民出版社，2024.1
ISBN 978-7-220-13424-1

Ⅰ．①纯… Ⅱ．①陈… ②宋… Ⅲ．①中国文学-现
代文学-作品综合集 ②中国文学-当代文学-作品综合集
Ⅳ．①I216.1

中国国家版本馆 CIP 数据核字（2023）第 154315 号

CHUNMEI MIJING

纯美秘境

陈思和　宋炳辉　主编

出 版 人	黄立新
选题策划	李淑云
责任编辑	李京京
封面设计	叶 茂
内文设计	李其飞
责任校对	任学敏
责任印制	周 奇

出版发行	四川人民出版社（成都三色路 238 号）
网 址	http://www.scpph.com
E-mail	scrmcbs@sina.com
新浪微博	@四川人民出版社
微信公众号	四川人民出版社
发行部业务电话	（028）86361653　86361656
防盗版举报电话	（028）86361653
照 排	四川胜翔数码印务设计有限公司
印 刷	成都兴怡包装装潢有限公司
成品尺寸	155mm×230mm
印 张	13.5
字 数	156 千
版 次	2024 年 1 月第 1 版
印 次	2024 年 1 月第 1 次印刷
书 号	ISBN 978-7-220-13424-1
定 价	69.00 元

■版权所有·侵权必究
本书若出现印装质量问题，请与我社发行部联系调换
电话：（028）86361656

编选说明

一、本书编选宗旨：站在新世纪回眸百年中国文学，以其艺术精品展示后人，为未来中国保留一份 20 世纪中国文学的"古文观止"。

二、本书编选性质：既为广大中文专业的本科和专科学生提供一部篇幅不大、内容精要、适合阅读学习的 20 世纪中国文学作品选，也为一般文学爱好者提供一部艺术性强，并且凝聚了现代中国知识分子美好精神境界的美文选，值得读者欣赏和珍藏。

三、本书编选范围：20 世纪文学中的优秀作品，以现代汉语创作为主，包括小说、诗歌、散文、戏剧。长篇小说和篇幅过长的中篇小说选取其最能体现作家艺术成就的精彩片段；但一般的中篇小说、短篇小说均收录全篇。篇幅过长的诗歌和多幕戏剧也采取选其精彩片段的方法。散文包括抒情性散文、议论性散文、杂文和其他相关文体，但不包括篇幅较大的报告文学和理论批评文章。一般不选入旧体诗词。

四、本书编选体例：其顺序为 [1] 篇名；[2] 作家简介；[3] 作品正文；[4] 作家的话；[5] 评论家的话。其中 [4] 选取作家本人有关的创作谈。如一时找不到的，则空缺。[5] 选取较权威的评论家已发表的对所选作品的批评或就作家整体风格的批评意见。通常选一到两则。如一时找不到的，由参与本书编辑工作的有关人员撰写，但不标"评论家的话"，而标"推荐者的话"，以示区别。

五、本书编选原则：本书强调感人的语言艺术和知识分子人格力量相融合的审美标准，强调真正的艺术创造是超越时间和空间限制而永存于世的文学观念，一般不考虑文学史的需要，不考虑思潮流派的代表性，也不考虑作家在现实社会中的地位和影响。

六、本书编选方式：本书所选作品，要求选其最好的版本。若有作家多次修改的作品，应在比较各种版本的基础上，以其艺术表现最成熟的版本为准，也会参考其他版本稍作修改。

七、本书编排顺序：基本按作品写作时间的前后排列，若无从考其写作年月，则以其初刊年月为准。相同作家的作品，也按其写作或发表时间的前后排列。

八、本书初版由复旦大学中文系现代文学教研室与中央广播电视大学等单位共同编辑，陈思和与李平担任主编，邓逸群与宋炳辉担任副主编，共同负责全书的策划、协调、审读、定稿等工作。参加工作的具体人员是：王东明、苏兴良、李平、钱旭初、韩鲁华、陈利群（主要负责小说编选）；李振声、张新颖、宋炳辉、梁永安（主要负责诗歌与散文作品的编选）；杨竞人、邓逸群（负责戏剧作品的编选）。另外，张业松也参加过部分工作。本书初版由上海学林出版社 1999 年出版。

本次修订，主要由宋炳辉负责，参与者有：郜元宝、张新颖、王光东、宋明炜、段怀清、金理等。陈思和最后审定。此次修订，对当代部分做了一些调整，新增了韩松、王小波、迟子建、阎连科等作家的相关篇目。

九、我们必须声明的是，这并不是十全十美的选本，更不是唯一的经典的选本，它只是一个能够比较自由地表达编者的文学审美观念的选本，希望读者能够从中获得人格的影响和美的熏陶。对于有些地区的作品（如香港、台湾地区等），因为资料的缺乏和信息的不敏，我们并无十分的把握，难免有遗珠之憾。"作家的话"和"评论家的话"两部分，因为不能翻阅所有的资料，肯定有许多选得不甚到位。我们希望读者能给以认真的批评和建议，以便以后再版时能有所修订增补，使其尽可能地接近于完美。

主编：陈思和　宋炳辉

目　录
CONTENTS

戴望舒

雨　巷

　　戴望舒，1905 年生于杭州，祖籍南京。1923 年入上海大学文学系，1925 年转入上海震旦大学。1922 年开始写诗。曾受法国象征派诗人影响，前期的诗轻盈流丽，重象征、意象，情调惆怅，诗意迷茫，代表作有《雨巷》《我的记忆》《乐园鸟》等。是 20 世纪 30 年代"现代派"代表性诗人。抗日战争全面爆发后南下香港，任《星岛日报》《珠江日报》《大众日报》副刊主编。日军占领香港后被捕入狱，备受折磨。此期诗风变为厚重、刚健，代表作《我用残损的手掌》等，洗练沉郁，爱国之情深挚感人。1949 年 3 月到北平，任华北大学第三院研究室研究员。1950 年死于哮喘病。

撑着油纸伞，独自

彷徨在悠长、悠长

又寂寥的雨巷，

我希望逢着

一个丁香一样地

结着愁怨的姑娘。

她是有

丁香一样的颜色，

丁香一样的芬芳，

丁香一样的忧愁，

在雨中哀怨，

哀怨又彷徨；

她彷徨在这寂寥的雨巷，

撑着油纸伞

像我一样，

像我一样地

默默彳亍着，

冷漠，凄清，又惆怅。

她静默地走近

走近，又投出

太息一般的眼光，

她飘过

像梦一般地，

像梦一般地凄婉迷茫。

像梦中飘过

一枝丁香地，

我身旁飘过这女郎；

她静默地远了，远了。

到了颓圮的篱墙，

走尽这雨巷。

在雨的哀曲里，

消了她的颜色，

散了她的芬芳，

消散了，甚至她的

太息般的眼光，

她丁香般的惆怅

撑着油纸伞，独自

彷徨在悠长，悠长

又寂寥的雨巷，

我希望飘过

一个丁香一样地

结着愁怨的姑娘。

选自《戴望舒诗全编》

浙江文艺出版社 1989 年版

作家的话 ◈

新诗最重要的是诗情上的 nuance 而不是字句上的 nuance。（编者按：nuance，法文，意为细微的差异。）

新的诗应该有新的情绪和表现这情绪的形式。所谓形式，决非表面上的字的排列，也决非新的字眼的堆积。

不必一定拿新的事物来做题材（我不反对拿新的事物来做题材），旧的事物中也能找到新的诗情。

诗是由真实经过想象而出来的，不单是真实，亦不单是想象。

《望舒诗论》

评论家的话 ◈

说起《雨巷》，我们是很不容易把叶圣陶先生的奖掖忘记的。《雨巷》写成后差不多有年，在圣陶先生代理编辑《小说月报》的时候，望舒才忽然想起把它投寄出去。圣陶先生一看到这首诗就有信来，称许他替新诗的音节开了一个新的纪元。这封信，大概望舒自己至今还保存着，我现在却没有可能直接引用了。圣陶先生的有力的推荐使望舒得到了"雨巷诗人"这称号，一直到现在。

然而我们自己几个比较接近的朋友却并不对这首《雨巷》有什么特殊的意见；等到知道了圣陶先生特别赏识这一篇之后，似乎才发现了一些以前所未曾发现的好处来。就是望舒自己，对《雨巷》也没有像对比较迟一点的作品那样地珍惜。望舒自己不喜欢《雨巷》的原因比较简单，就是他在写成《雨巷》的时候，已经开始对诗歌的他所谓"音乐的成分"勇敢地反叛了。

苏汶：《望舒草·序》

《雨巷》读起来好像旧诗名句"丁香空结雨中愁"的现代白话版的扩充或者"稀释"。一种回荡的旋律和一种流畅的节奏，确乎在每节六行，各行长短不一，大体在一定间隔重复一个韵的一共七节诗里，贯彻始终。用惯了的意象和用滥了的辞藻，却更使这首诗的成功显得浅易、浮泛。

卞之琳：《戴望舒诗集·序》

徐志摩
再别康桥

　　徐志摩，1897 年出生于浙江海宁一个富商家庭。1918
年 8 月赴美留学，1920 年秋转赴英国留学。他初攻政治经
济学，后专事文学创作。1922 年回国后，陆续在上海《时
事新报》、北京《晨报》、天津《大公报》和《努力周报》
等报刊上发表数量众多的新诗，成为引人注目的诗坛新
秀。在艺术上，他首先引进外国诗体并作了多种不同的尝
试。1923 年，他与一些欧美留学生在北京共同创办新月
社；1925 年任《晨报副刊》编辑，这一期间与闻一多等共
同倡导新诗格律化，在新诗坛产生较大影响，为"新月
派"代表诗人之一。他还先后在上海、南京、北京等多所
大学任教。1931 年 11 月因飞机失事遇难，享年 35 岁。他
是一个才华横溢而又早逝的诗人，著有诗集《志摩的诗》

---

　　① 康桥：即剑桥，英国东南部城市，伦敦之北约八十公里，著
名的剑桥大学所在地。

《翡冷翠的一夜》《猛虎集》《云游》，散文集《落叶》《巴黎的鳞爪》《自剖》等。

轻轻的我走了，

　　正如我轻轻的来；

我轻轻的招手，

　　作别西天的云彩。

那河畔的金柳，

　　是夕阳中的新娘；

波光里的艳影，

　　在我的心头荡漾。

软泥上的青荇，

　　油油的在水底招摇；

在康河的柔波里，

　　我甘心做一条水草！

那榆荫下的一潭，

　　不是清泉，是天上虹；

揉碎在浮藻间，

　　沉淀着彩虹似的梦。

寻梦？撑一支长篙，

向青草更青处漫溯；

满载一船星辉，

在星辉斑斓里放歌。

但我不能放歌，

悄悄是别离的笙箫；

夏虫也为我沉默，

沉默是今晚的康桥！

悄悄的我走了，

正如我悄悄的来；

我挥一挥衣袖，

不带走一片云彩。

十一月六日　中国海上

选自《徐志摩诗全集》学林出版社 1992 年版

作家的话 ◈

　　我在康桥的日子可真是享福，深怕这辈子再也得不到那样蜜甜的机会了。我不敢说康桥给了我多少学问或是教会了我什么。我不敢说受了康桥的洗礼，一个人就会变气息，脱凡胎。我敢说的是——就我个人说，我的眼是康桥教我睁的，我的求知欲是康桥给我拨动的，我的自我意识是康桥给我胚胎的。

　　　　　　　　　　　　　　《吸烟与文化（牛津）》

　　这是一首出神入化的抒情诗，它飘逸，洒脱，美妙，动听，似天国之音乐，充满了优美的韵律。全诗充盈着诗人告别剑桥时的缠绵低回的情感，轻轻的来，轻轻的走，轻轻的招手，宛若与梦中情人作别，万般柔情，温馨静谧。诗歌巧妙地选取了夜幕降临时的康桥这一震撼人心的戏剧性场景。康桥在诗人的笔下愈是美不胜收，离别而生的伤情便愈是深切，这是一种美与美的消逝之间的无法超越的冲突；而且，因夜幕降临而生的朦胧暗淡色调，格外强化了惜别的悲凉感，把一种甜蜜的哀愁推向了极致；更有甚者，诗人没有把离别的愁绪放到离别前的不安或离别后的追思之中来表达，而是有意选择了离别的一刹那来表现，可见诗人构思的精巧夺人……

　　这情感的冲动与自我控制的紧张冲突，都被诗人巧妙地凝聚在潇洒而看似平静的姿势中："我挥一挥衣袖，不带走一片云彩"，潇洒中交织着淡淡的忧郁和怅惘。

　　全诗语言似禅界般空灵，含蓄凝练，情景相融，音节抑扬顿挫，声调回环往复，诗行长短错落有致，把性灵、意象、音乐和建筑之美和谐地结合在一起，是徐志摩潇洒、飘逸诗风的典型体现。

宋炳辉

梁遇春
谈"流浪汉"

梁遇春,1906年生于福建闽侯(今福州市西北),1922年进北京大学预科学习,1928年毕业,留校任助教,又至上海暨南大学任教,后回北大图书馆工作,1932年病逝。梁遇春短短的一生主要从事散文随笔写作和外国文学的翻译,著有《春醪集》(1930年)、《泪与笑》(1934年)等,显示出博学睿智、深受英国随笔影响的特点。

当人生观论战①已经闹个满城风雨，大家都谈厌烦了不想再去提起时候，我一天忽然写一篇短文，叫作《人死观》。这件事实在有些反动嫌疑，而且该挨思想落后的罪名，后来仔细一想，的确很追悔。前几年北平有许多人讨论 Gentleman② 这字应该要怎么样子翻译才好，现在是几乎谁也不说这件事了，我却又来喋喋，谈那和"君子"Gentleman 正相反的"流浪汉"Vagabond，将来恐怕免不了自悔。但是想写文章时候，哪能够顾到那么多呢？

Gentleman 这字虽然难翻，可是还不及 Vagabond 这字那样古怪，简直找不出适当的中国字眼来。普通的英汉字典都把它翻作"走江湖者""流氓""无赖之徒""游手好闲"……但是我觉得都失丢这个字的原意。Vagabond 既不像走江湖的卖艺为生，也不是流氓那种一味敲诈，"无赖之徒""游手好闲者"都带有贬骂的意思，Vagabond 却是种可爱的人儿。在此无可奈何时候，我只好暂用"流浪汉"三字来翻，自然也不是十分合适的。我以为 Gentleman，Vagabond 这些字所以这么刁钻古怪，是因为它们被人们活用得太久了，原来的意义早已消失，于是每个人用这个字时候都添些自己的意思，这字的涵义越大，更加好活用了。因此在中国寻不出一个能够引起那么多的联想的字来。本来 Gentleman，Vagabond 这二个字

---

① 20 世纪 20 年代初期，文化界曾掀起一场关于"人生观"的论战，参见作者《人死观》一文。

② 这个词通常译作"绅士"。

和财产都有关系的，一个是拥有财产，丰衣足食的公子，一个是毫无恒产，四处飘零的穷光蛋。因为有钱，自然能够受良好的教育，行动举止也温文尔雅，谈吐也就蕴藉不俗，更不至于跟人铢锱必较，言语冲撞了。Gentleman 这字的意义就由世家子弟一变变作斯文君子，所以现在我们不管一个人出身的贵贱，财产的有无，只要他的态度是温和，做人很正直，我们都把他当作 Gentleman。一班穷酸的人们被人冤枉时节，也可以答辩道："我虽然穷，却是个 Gentleman。" Vagabond 这个字意义的演化也经过了同样的历程。本来只指那班什么财产也没有，天天随便混过去的人们。他们既没有一定的职业，有时或者也干些流氓的勾当。但是他们整天随遇而安，倒也无忧无虑，他们过惯了放松的生活，所以就是手边有些钱，也是糊里糊涂地用光，对人们当然是很慷慨的。他们没有身家之虑，做事也就痛痛快快，并不像富人那种畏首畏尾，瞻前顾后。酒是大杯地喝下去，话是随便地顺口开河，有时也胡诌些有趣味的谎语。他们万事不关怀，天天笑呵呵，规矩的人们背后说他们没有责任心。他们与世无忤，既不会桌上排着一斗黄豆，一斗黑豆，打算盘似的整天数自己的好心思和坏心思，也不会皱着眉头，弄出连环巧计来陷害人们。他们的行为是糊涂的，他们的心肠是好的。他们是大个顽皮小孩，可是也带了小孩的天真。他们脑里存了不少奇奇怪怪的幻想，满脸春风，老是笑眯眯的，一些机心也没有。……我们现在把凡是带有这种心情的人们都叫作 Vagabond，就是他们是王侯将相的子孙，生平没有离开家乡过也不碍事。他们和中国古代的侠客有些相像，可是他们又不像侠客那样朴刀横腰，给夸大狂迷住，一脸凶气，走遍天下专为打不平。他们对于伦理观念，没有那么死板地痴痴执着。我不得已只好翻作"流浪汉",流浪是指流浪的心情,所以我所赞美的流浪汉或者同守深闺的小姐一样,终身未出乡里一步。

英国 19 世纪末叶诗人和小品文作家斯密士① Alexander Smith 对于流浪汉是无限地颂扬。他有一段描写流浪汉的文章,说得很妙。他说:"流浪汉对于许多事情的确有他的特别意见。比如他从小是同密尼表妹一起养大,心里很爱她,而她小孩时候对于他的感情也是跟着年龄热烈起来,他俩结合后大概也可以好好地过活,他一定把她娶来,并没有考虑到他们收入将来能够不能够允许他请人们来家里吃饭或者时髦地招待朋友。这自然是太鲁莽了。可是对于流浪汉你是没法子说服他。他自己有他一套再古怪不过的逻辑(他自己却以为是很自然的推论),他以为他是为自己娶亲的,并不是为招待他的朋友的缘故;他把得到一个女人的真心同纯洁的胸怀比袋里多一两镑钱看得重得多。规矩的人们不爱流浪汉。那班膝下有还未出嫁姑娘的母亲特别怕他——并不是因他为子不孝,或者将来不能够做个善良的丈夫,或者对朋友不忠,但是他的手不像别人的手,总不会把钱牢牢地握着。他对于外表丝毫也不讲究。他结交朋友,不因为他们有华屋美酒,却是爱他们的性情,他们的好心肠,他们讲笑话听笑话的本领,以及许多别人看不出的好处。因此他的朋友是不拘一类的,在富人的宴会里却反不常见到他的踪迹。我相信他这种流浪态度使他得到许多好处。他对于人生的稀奇古怪的地方都有接触过。他对于人性晓得更透彻,好像一个人走到乡下,有时舍开大路,去凭吊荒墟古冢,有时在小村逆旅休息,路上碰到人们也攀谈

---

① 今译史密斯。

起来，这种人对于乡下自然比那坐在四轮马车里骄傲地跑过大道的知道得多。我们因为这无理的骄傲，失丢了不少见识。一点流浪汉的习气都没有的人是没有什么价值的。"斯密士说到流浪汉的成家立业的法子，可见现在所谓的流浪汉并不限于那无家可归，脚跟如蓬转的人们。斯密士所说的只是一面，让我再由另一个观察点——流浪汉和 Gentleman 的比较——来论流浪汉，这样子一些一些凑起来或者能够将流浪汉的性格描摹得很完全，而且流浪汉的性格复杂万分（汉既以流浪名，自不是安分守己，方正简单的人们），绝不能一气说清。

英国文学里分析 Gentleman 的性格最明晰深入的文章，公推是那位叛教分子纽门 J. H. Newman^① 的《大学教育的范围同性质》。纽门说："说一个人他从来没有给别人以苦痛，这句话几乎可以做'君子'的定义……'君子'总是从事于除去许多障碍，使同他接近的人们能够自然地随意行动；'君子'对于他人行动是取赞同合作态度，自己却不愿开首主动……真正的'君子'极力避免使同他在一块的人们心里感到不快或者震颤，以及一切意见的冲突或者感情的碰撞，一切拘束，猜疑，沉闷，怨恨；他最关心的是使每个人都很随便安逸像在自己家里一样。"这样小心翼翼的君子我们当然很愿意和他们结交，但是若使天下人都是这么我让你，你体贴我，扭扭捏捏地，谁也都是捧着同情等着去附和别人的举动，可是谁也不好意思打头阵；你将就我，我将就你，大家天天只有个互相将就的目的，此外是毫无成见的，这种的世界和平固然很和平，可惜是死国的和

———————

① 今译纽曼（1801—1890），英国宗教领袖、作家。他由基督教改信天主教。

平。迫得我们不得不去欢迎那豪爽英迈，勇往直前的流浪汉。他对于自己一时兴到想干的事趣味太浓厚了，只知道口里吹着调子，放手做去，既不去打算这事对人是有益是无益，会成功还是容易失败，自然也没有虑及别人的心灵会不会被他搅乱，而且"君子"们袖手旁观，本是无可无不可的，大概总会穿着白手套轻轻地鼓掌。流浪汉干的事情不一定对社会有益，造福于人群，可是他那股天不怕，地不怕，不计得失，不论是非的英气总可以使这麻木的世界呈现些许生气，给"君子"们以赞助的材料，免得"君子"们整天掩着手打哈欠（流浪汉才会痛快地打哈欠，"君子"们总是像林黛玉那样子抿着嘴儿）找不出话讲，我承认偷情的少女，再嫁的寡妇都是造福于社会的，因为没有她们，那班贞洁的小姐，守节的孀妇就失丢了谈天的材料，也无从来赞美自己了。并且流浪汉整天瞎闹过去，不仅目中无人，简直把自己都忘却了。真正的流浪汉所以不会引起人们的厌恶，因为他已经做到无人无我的境地，那一刹那间的冲动是他唯一的指导，他自己爱笑，也喜欢看别人的笑容，别的他什么也不管了。"君子"们处处为他人着想，弄得不好，反使别人怪难受，倒不如流浪汉的有饭大家吃，有酒大家喝，有话大家说，先无彼此之分，人家自然会觉得很舒服，就是有冲撞地方，也可以原谅，而且由这种天真的冲撞更可以见流浪汉的毫无机心。真是像中国旧文人所爱说文章天成，妙手偶得之，流浪汉任性顺情，万事随缘，丝毫没有想到他人，人们却反觉得他是最好的伴侣，在他面前最能够失去世俗的拘束，自由地行动。许多人爱留连在乌烟瘴气的酒肆小茶店里，不愿意去高攀坐在王公大人们客厅的沙发上，一班公子哥儿喜欢跟马夫下流人整天打伙，不肯到他那客气温和的亲戚家里走走，都是这种道理。纽门又说："君子知道得很清楚，人类理智的强处同弱处，范围同限制。若使他是个不信宗教的人，他是太精明太雅量了，绝不会去嘲笑或者反宗教；他太智慧了，不会武断地或者热狂地反教。他对于虔敬同信仰有相当的尊敬；有些制度他虽然不肯赞同，可是他还以为这些制度是可敬的良好的或者有用的；他礼遇牧师，自己仅仅是不谈宗教的神秘，没有去攻击否认。他是信教自由的赞助者，这并不只是因为他的哲学教他对于各种宗教一视同仁，一半也是由于他的性情温和近于女性，凡是有文化的人们都是这样。"这种人修养功夫的确很到家，可谓火候已到，丝毫没有火气，但是同时也失去活气，因为他所磨炼去的火是 Prometheus①由上天偷来做人们灵魂用的火。18 世纪第一画家 Reynolds②是位脾气顶好的人，他的密友约翰生③（就是那位麻脸的胖子）一天对他说："Reynolds 你对于谁也不恨，我却爱那善于恨人的人。"约翰生伟大的脑袋蕴蓄有许多对于人生微妙的观察，他通常冲口而出的牢骚都是入木三分的慧话。恨人恨得好（A good hater）真是一种艺术，而且是人人不可不讲究的。我相信不会热烈地恨人的人也是不知道怎地热烈地爱人。流浪汉是知道如何恨人，如何爱人。他对于宗教不是拼命地相信，就是尽力地嘲笑。Donne④，Herrick⑤，Cellini⑥都

---

① 普罗米修斯，古希腊神话中盗圣火造福人类者。
② 雷诺兹（1723—1792），英国画家。
③ 今译约翰逊。
④ 多恩（1572—1631），英国玄学派诗人、散文家。
⑤ 赫里克（1591—1674），英国"骑士派"诗人。
⑥ 切利尼（1500—1571），意大利佛罗伦萨金匠、雕刻家、著作家。

是流浪汉气味十足的人们，他们对于宗教都有狂热；Voltaire[①]，Nietzsche[②] 这班流浪汉就用尽俏皮的词句，热嘲冷讽，掉尽枪花，来讥骂宗教。在人生这幕悲剧的喜剧或者喜剧的悲剧里，我们实在应该旗帜分明地对于一切不是打倒，就是拥护，否则到处妥协，灰色地独自踟蹰于战场之上，未免太单调了，太寂寞了。我们既然知道人类理智的能力是有限的，那么又何必自作聪明，僭居上帝的地位，盲目地对于一切主张都持个大人听小孩说梦话态度，保存一种白痴的无情脸孔，暗地里自夸自己的眼力不差，晓得可怜同原谅人们低弱的理智。真真对于人类理智力的薄弱有同情的人是自己也加入跟着人们胡闹，大家一起乱来，对人们自然会有无限同情。和人们结伙走上错路，大家当然能够不言而喻地互相了解。当浊酒三杯过后，大家拍桌高歌，莫名其妙地相视而笑，莫逆于心，那时人们才有真正的同情，对于人们的弱点有愿意的谅解，并不像"君子"们的同情后面常带有我佛如来怜悯众生的冷笑。我最怕那人生的旁观者，所以我对于厚厚的《约翰生传》[③] 会不倦地温读，听人提到 Addison 的旁观报[④]就会皱眉，虽然我也承认他的文章是珠圆玉润，修短适中，但是我怕他那像死尸一般的冰冷。纽门自己说"君子"的性情温和近于女性（The gentleness and effeminacy of feeling），流浪汉虽然没有这类在台上走 S 式步伐的旖旎风光，他却具有男性的健全。他敢赤身露体地和生命肉搏，打个你死我活。不管流浪汉

---

① 伏尔泰（1694—1778），法国启蒙思想家、文学家、哲学家。
② 尼采（1844—1900），德国哲学家。
③ 《约翰逊传》，为鲍斯韦尔所著。
④ 艾迪生 1711 年与斯梯尔合办英国《旁观者》报，每周六期。

的结果如何，他的生活是有力的，充满趣味的，他没有白过一生，他尝尽人生的各种味道，然后再高兴地去死的国土里遨游。这样在人生中的趣味无穷翻身打滚的态度，已经值得我们羡慕，绝不是女性的"君子"所能晓得的。

耶稣说过："凡想要保全生命的，必丧掉生命。凡丧掉生命的，必救活生命。"流浪汉无时不是只顾目前的痛快，早把生命的安全置之度外，可是他却无时不尽量地享受生之乐。守己安分的人们天天守着生命，战战兢兢，只怕失丢了生命，反把生命真正的快乐完全忽略，到了盖棺论定，自己才知道白宝贵了一生的生命，却毫无受到生命的好处，可惜太迟了，连追悔的时候都没有。他们对于生命好似守财奴的念念不忘于金钱，不过守财奴还有夜夜关起门来，低着头数血汗换来的钱财的快乐，爱惜生命的人们对于自己的生命，只有刻刻不忘的担心，连这种沾沾自喜的心情也没有，守财奴为了金钱缘故还肯牺牲了生命，比那什么想头也消失了，光会顾惜自己皮肤的人们到底是高一等，所以上帝也给他那份应得的快乐。用句罗素的老话，流浪汉对于自己生命不取占有冲动，是被创造冲动的势力鼓舞着。实在说起来，宇宙间万事万物流动不息，哪里真有常住的东西。只有灭亡才是永存不变的，凡是存在的天天总脱不了变更，这真是"法轮常转"。Walter Pater[①] 在他的《文艺复兴研究》的结论曾将这个意思说得非常美妙，可惜写得太好了，不敢翻译。尤其生命是瞬刻之间，变幻万千的，不跳动的心是属于死人的。所以除非顺着生命的趋势，高兴地什么也不去管往前奔，人们绝不能

---

① 佩特（1839—1894），英国文艺批评家、作家。

够享受人生。近代小品文家 Jackson① 在他那篇论"流浪汉"文里说："流浪汉如入生命的波涛汹涌的狂潮里生活。"他不把生命紧紧地拿着，(普通人将生命握得太紧，反把生命弄僵化死了)却做生命海中的弄潮儿，伸开他的柔软身体，跟着波儿上下，他感觉到处处触着生命，他身内的热血也起共鸣。最能够表现流浪汉这种精神的是美国放口高歌，不拘韵脚的惠提曼 Walt Whitman② 他那本诗集《草之叶》③ Leaves of Grass 里句句诗都露出流浪汉的本色，真可说是流浪汉的圣经。流浪汉生活所以那么有味，一半也由于他们的生活是很危险的。踢足球，当兵，爬悬崖峭壁……所以会那么饶有趣味，危险性也是一个主因。在这个单调寡趣、平淡无奇的人生里凡有血性的人们常常觉到不耐烦，听到旷野的呼声，猿人时代啸游山林，到处狩猎的自由化做我们的本能，潜伏在黑礼服的里面，因此我们时时想出外涉险，得个更充满的不羁生活。万顷波涛的大海谁也知道覆灭过无千无数的大船，可是年年都有许多盎格罗萨格逊④的小孩恋着海上危险的生涯，宁愿抛弃家庭的安逸，违背父母的劝谕，跑去过碧海苍天中辛苦的水手生涯。海所以会有那么大的魔力就是因为它是世上最危险的地方，而身心健全的好汉哪个不爱冒险，爱慕海洋的生活，不仅是一"海上夫人"而已也。所以海洋能够有小

---

① 杰克逊 (1892—1954)，美国散文家。
② 今译惠特曼 (1819—1892)，美国诗人。
③ 今译《草叶集》。
④ 今译盎格鲁-撒克逊。原指自公元 5 世纪至诺曼人 1066 年征服止，移居并统治英格兰的日耳曼民族。现泛指英格兰人。

说家们像 Marryat①，Cooper②，Loti③，Conrad④，等等去描写它，而他们的名著又能够博多数人的同情。蔼理斯⑤曾把人生比作跳舞，若使世界真可说是个跳舞场，那么流浪汉是醉眼蒙眬，狂欢地跳二人旋转舞的人们。规矩的先生们却坐在小桌边无精打采地喝无聊的咖啡，空对着似水的流年惆怅。

流浪汉在无限量地享受当前生活之外，他还有丰富的幻想做他的伴侣。Dickens⑥的《块肉余生述》里面的 Micawber⑦在极穷困的环境中不断地说"我们快交好运了"，这确是流浪汉的本色。他总是乐观的，走的老是蔷薇的路。他相信前途一定会光明，他的将来果然会应了他的预测，因为他一生中是没有一天不是欣欣向荣的；就是悲哀时节，他还是肯定人生，痛痛快快地哭一阵后，他的泪珠已滋养大了希望的根苗。他信得过自己，所以他在事情还没有做出之前，就先口说莲花，说完了，另一个新的冲动又来了，他也忘却自己讲的话，那事情就始终没有干好。这种言行不能一致，孔夫子早已反对在前，可是这类英气勃勃的矛盾是多么可爱！蔼理斯在他名著《生命的跳舞》里说："我们天天变更，世界也是天天变更，这是顺着自然的路，所以我们表面的矛盾有时就全体来看却是个深一层的一致。"（他的话大概是这样，一时记不清楚。）流浪汉跟着自然一

---

① 马里亚特（1792—1848），英国冒险小说家。
② 库珀（1789—1851），美国作家，擅长写冒险小说。
③ 洛蒂（1856—1923），法国小说家，写海外题材著名。
④ 康拉德（1857—1924），波兰裔英国作家。
⑤ 旧亦译霭理士，今译埃利斯（Havelock Ellis 1859—1939），英国医师，散文作家，以性心理研究著称于世。
⑥ 狄更斯（1812—1870），英国作家。
⑦ 米考伯，《块肉余生述》中的人物。狄更斯所著的此书今译《大卫·科波菲尔》。

团豪兴。想到哪里就说到哪里，他的生活是多么有力。行为不一定是天下一切主意的唯一归宿，有些微妙的主张只待说出已是值得赞美了，做出来或者反见累赘。神话同童话里的世界哪个不爱，虽然谁也知道这是不能实现的。流浪汉的快语在惨淡的人生上布一层彩色的虹，这就很值得我们谢谢了。并且有许多事情起先自己以为不能胜任，若使说出话来，因此不得不努力去干，倒会出乎意料地成功；倘然开头先怕将来不好，连半句话也不敢露，一碰到障碍，就随它去，那么我们的做事能力不是一天天退化了？一定要言先乎事，做我们努力的刺激，生活才有兴味，才有发展。就是有时失败，富有同情的人们定会原谅，尖酸刻薄人们的同情是得不到的，并且是不值一文的。我们的行为全借幻想来提高，所以 Masefield① 说"缺乏幻想能力的人民是会灭亡的"。幻想同矛盾是良好生活的经纬，流浪汉心里想出七古八怪的主意，干出离奇矛盾的事情。什么传统正道也束缚他不住，他真可说是自由的骄子，在他的眼睛里，世界变作天国，因为他过的是天国里的生活。

若使我们翻开文学史来细看，许多大文学家全带有流浪汉气味。Shakespeare② 偷过人家的鹿，Ben Jonson③，Marlowe④ 等都是 Mermaid Tavern⑤ 这家酒店的老主顾，Goldsmith⑥ 吴市吹箫，靠着他的

---

① 梅斯菲尔德（1878—1967），英国桂冠诗人、小说家、剧作家。
② 莎士比亚（1564—1616），英国文艺复兴时期剧作家、诗人。
③ 本·琼森（1572—1637），英国文艺复兴时期剧作家、诗人、演员。
④ 马洛（1564—1593），英国诗人、剧作家。
⑤ 可译为：美人鱼酒店，从前伦敦街上的一家酒店。
⑥ 哥尔德斯密斯（1729—1774），英国剧作家。

口笛遍游大陆，Steele① 整天忙着躲债，Charles Lamb②，Leigh Hdnt③ 颠头颠脑，吃大烟的 Coleridge④，De Quincey⑤ 更不用讲了，拜伦，雪莱，济茨⑥那是谁也晓得的。就是 Wordsworth⑦ 那么道学先生神气，他在法国时候，也有过一个私生女，他有一首有名的十四行诗就是说这个女孩。目光如炬专说精神生活的塔果尔⑧，小孩时候最爱的是逃学。Browning⑨ 带着人家的闺秀偷跑，Mrs. Browning⑩ 违着父亲淫奔，前数年不是有位好事先生考究出 Dickens 年轻时许多不轨的举动，其他如 Swinburne⑪，Stevenson⑫ 以及《黄书》杂志⑬那班唯美派作家那是更不用说了。为什么偏是流浪汉才会写出许多不朽的书，让后来"君子"式的大学生整天整夜按部就班地念呢？头一下因为流浪汉敢做敢说，不晓得掩饰求媚，委曲求全，所以他的话真挚动人。有时加上些瞒天大谎，那谎却是那样子大胆子地杜撰的，一般拘谨人和假君子所绝对不敢说的，谎言因此有谎言的真实在，这真实是扯谎者的气魄所逼成的。而且文学是个性的结晶，个性越显明，越能够坦白地表现出来，那作品就更有价值。流

---

① 斯梯尔（1672—1729），英国散文家。
② 兰姆（1775—1834），英国散文家。
③ 亨特（1784—1859），英国作家。
④ 柯勒律治（1772—1834），英国诗人、文评家。
⑤ 德·昆西（1785—1859），英国散文家、批评家。
⑥ 今译济慈（1795—1821），英国诗人。
⑦ 华兹华斯（1770—1850），英国诗人。
⑧ 疑为 T·莫尔（Thomas More 1478—1535），英国政治家、作家。反对宗教偏见，关注人类精神解放。著有《乌托邦》等。
⑨ 布朗宁（1812—1889），英国诗人、剧作家。
⑩ 布朗宁夫人（1806—1861），英国女诗人。
⑪ 斯温伯恩（1837—1909），英国诗人、文学批评家。
⑫ 斯蒂文森（1850—1894），苏格兰作家、诗人。
⑬ 今译《黄色杂志》，英国唯美主义作家、艺术家的刊物。

浪汉是具有出类拔萃的个性的人物，他们的思想同行事全有他们的特别性格的色彩，他们豪爽直截的性情使他们能够把这种怪异的性格跃跃地呈现于纸上。斯密士说得不错"天才是个流浪汉"，希腊哲学家讲过知道自己最难，所以在世界文学里写得好的自传很少，可是世界中所流传几本不朽的自传全是流浪汉写的。Cellini 杀人不眨眼，并且敢明明白白地记下，他那回忆录（Memoirs）过了几千年还没有失去光辉。Augustine① 少年时放荡异常，他的忏悔录却同托尔斯泰（他在莫斯科纵欲的事迹也是不可告人的）的忏悔录，卢骚② 的忏悔录同垂不朽。富兰克林③ 也是有名的流浪汉，不管他怎样假装做正人君子，他那浪子的骨头总常常露出，只要一念 Cobbett④ 攻击他的文章就知道他是个多么古怪一个人。De Quincey 的《英国一个吃鸦片人的忏悔录》，这个名字已经可以告诉我们那内容了。做《罗马衰亡史》的 Gibbon⑤，他年轻时候爱同教授捣乱，他那本薄薄的自传也是个愉快的读物。Jeffries⑥ 一心全在自然的美上面，除开游荡山林外，什么也不注意，他那《心史》是本冰雪聪明、微妙无比的自白。记得从前美国一位有钱老太太希望她的儿子成个文学家，写信去请教一位文豪，这位文豪回信说："每年给他几千镑，让他自己鬼混去罢。"这实在是培养创造精神的无上办法。我希望想写些有生气的文章的大学生不死滞在文科讲堂里，走出来当一当流浪汉罢。

---

① 奥古斯丁（希波的）（354—430），古代基督教思想家。
② 今译卢梭（1712—1778），法国著名思想家。
③ 富兰克林（1706—1790），美国政治家、哲学家、科学家。
④ 科贝特（1763—1835），英国平民政治家、散文作家。
⑤ 吉本（1737—1794），英国历史学家、作家。
⑥ 杰弗里斯（1848—1887），英国自然作家、小说家、散文家。

最近半年北大的停课对于中国将来文坛大有裨益，因为整天没有事只好逛市场跑前门的文科学生免不了染些流浪汉气息。这种千载一时的机会，希望我那些未毕业的同学们好好地利用，免贻后悔。

前几年才死去的一位英国小说家 Conrad 在他的散文集《人生与文学》内，谈到一位有流浪汉气的作家 Luffmann①，说起有许多小女子读他的书以后，写信去向他问好，不禁醋海生波，顾影自怜地（虽然他是老舟子出身）叹道："我平生也写过几本故事（我不愿意无聊地假假自谦），既属纪实，又很有趣。可是没有女人用温柔的话写信给我。为什么呢？只是因为我没有他那种流浪汉气。家庭中可爱的专制魔王对于这班无法无天的人物偏动起怜惜的心肠。"流浪汉确是个可爱的人儿，他具有完全男性，情怀潇洒，磊落大方，哪个怀春的女儿见他不会倾心。俗语说："痴心女子负心汉"。就是因为负心汉全是处处花草颠连的浪子，什么事情都不放在心头，他那痛快淋漓的气概自然会叫那老被人拘在深闺里的女孩儿一见心倾，后来无论他怎地负心总是痴心地等待着。中古的贵女爱骑士，中国从前的美人爱英雄总是如花少女对于风尘中飘荡人的一往情深的表现。红拂的夜奔李靖②，乌江军帐里的虞姬③，随着范蠡飘荡五湖的西施④……这些例子也不知道有多少。清朝上海窑子爱姘马夫，现在电影明星姘汽车夫，姨太太跟马弁偷情也是同样的道理。总之流浪汉天生一种叫人看着不得不爱的情调，他那种古怪莫测的行径刚中女人爱慕热情的易感心灵。岂只女人的心

---

① 未详。
② 隋末贵族杨素的家妓红拂，见李靖具英雄才略，私奔相从。后李靖成为唐初著名将领。
③ 虞姬为项羽宠妾。项羽兵败垓下，突围至乌江自刎，虞姬始终跟随在身边。
④ 范蠡为春秋楚国大夫，助越王勾践灭吴后，传说偕吴王妃西施归隐五湖。

见着流浪汉会熔，我们不是有许多瞎闹胡乱用钱行事乖张的朋友，常常向我们借钱捣乱，可是我们始终恋着他们率直的态度，对他们总是怜爱帮忙。天下最大的流浪汉是基督教里的魔鬼。可是哪个人心里不喜欢魔鬼。在莎士比亚以前英国神话剧盛行时候，丑角式的魔鬼一上场，大家都忙着拍手欢迎，魔鬼的一举一动看客必定跟着捧腹大笑。Robert Lynd① 在他的小品文集《橘树》里《论魔鬼》那篇中说"《失乐园》诗所说的撒但②在我们想象中简直等于儿童故事里面伟大英猛的海盗。"凡是儿童都爱海盗，许多人念了密尔敦③史诗觉得诡谲的撒但比板板的上帝来得有趣得多。魔鬼的堪爱地方太多了，不是随便说得完，留得将来为文细论。

清末有几位王公贝勒常在夏天下午换上叫花子的打扮，偷跑到什刹海路旁口唱莲花④向路人求乞，黄昏时候才解下百衲衣回王府去。我在北京住了几年，心中很羡慕旗人知道享乐人生，这事也是一个证明。大热天气里躺在柳荫底下，顺口唱些歌儿，自在地饱看来往的男男女女；放下朝服，着半件轻轻的破衫，尝一尝暂时流浪汉生活的滋味，这是多么知道享受人生。戏子的生活也是很有流浪汉的色彩，粉墨登场，去博人们的笑和泪，自己仿佛也变作戏中人物，清末宗室有几位很常上台串演，这也是他们会寻乐地方。白浪滔天⑤半生奔走天下，最后入艺者之家，做一个门弟子，他自己不胜感慨，我却以为这真是浪人应得的涅槃。不管中外，戏子女优必定

---

① 林德（1879—1949），英国批评家、散文家。
② 今译撒旦。
③ 今译弥尔顿（1608—1674），英国诗人、政论家。
④ 指莲花落，民间曲艺。
⑤ 未详。

是人们所喜欢的人物，全靠着他们是社会中最显明的流浪汉。Dickens的小说所以会那么出名，每回出版新书时候，要先通知警察到书店门口守卫，免得购书的人争先恐后打起架来，也是因为他书内大角色全是流浪汉，Pickwick①俱乐部那四位会员和他们周游中所遇的人们，《双城记》中的Carton②等全是第一等的流浪汉。《儒林外史》的杜少卿，《水浒》的鲁智深，《红楼梦》的柳二郎，《老残游记》的补残老是深深地刻在读者的心上，变成模范的流浪汉。

流浪汉自己一生快活，并且凭空地布下快乐的空气，叫人们看到他们也会高兴起来，说不出地喜欢他们，难怪有人说"自然创造我们时候，我们个个都是流浪汉，是这俗世把我们弄成个讲究体面的规矩人"。在这点我要学着卢骚，高呼"返于自然"。无论如何，在这麻木不仁的中国，流浪汉精神是一服极好的兴奋剂，最需要的强心针。就是把什么国家，什么民族一笔勾销，我们也希望能够过个有趣味的一生，不像现在这样天天同不好不坏、不进不退的先生们敷衍。写到这里，忽然记起东坡一首《西江月》，觉得很能道出流浪汉的三昧，就抄出做个结论吧！

照野弥弥浅浪，

横空隐隐层霄，

障泥未解玉骢骄，

我欲醉眠芳草。

------

① 匹克威克，狄更斯的小说《匹克威克外传》中的人物名。
② 卡顿，狄更斯的小说《双城记》中的人物。

可惜一溪风月，

莫教踏碎琼瑶，

解鞍欹枕绿杨桥，

杜宇一声春晓。

顷在黄州，春夜行蕲水中，过酒家，饮酒醉。乘月至一溪桥上，解鞍曲肱，醉卧少休。及觉已晓，乱山攒拥，流水锵锵，疑非尘世也。书此语桥柱上。

十八年除夕之前二日于福州

选自《春醪集》

北新书局1936年版

作家的话 ◈

　　小品文是用轻松的文笔，随随便便地来谈人生，因为好像只是茶余酒后，炉旁床侧的随便谈话，并没有俨然地排出冠冕堂皇的神气，所以这些漫话絮语很能够分明地将作者的性格烘托出来，小品文的妙处也全在于我们能够从一个具有美妙性格的作者眼睛里去看一看人生。许多批判家拿抒情诗同小品文相比，这的确是一对很可喜的孪生兄弟，不过小品文是更洒脱，更胡闹些吧！

《〈小品文选〉序》

评论家的话 ◈

　　英国散文的影响于中国，系有两件历史上的事情，做它的根据的：第一，中国所最发达也最有成绩的笔记之类，在性质和趣味上，与英国的 Essay 很有气脉相通的地方，不过少一点在英国散文里是极普遍的幽默味而已；第二，中国人的吸收西洋文化，与日本的最初由荷兰文为媒介者不同，大抵是借用英文的力量的，但看欧洲人的来我国者，都以第三国语的英文为普通语，与中国人的翻外国人名地名，大半以英语为据的两点，就可以明白；故而英国散文的影响，在我们的知识阶级中间，是再过十年二十年也决不会消灭的一种根深蒂固的潜势力。像已故的散文作家梁遇春先生等，且已有人称之为中国的爱利亚了，即此一端，也可以想见得英国散文对我们的影响之大且深。

　　　　　　　郁达夫：《〈中国新文学大系·散文二集〉·导言》

周作人

◈ 水里的东西

——草木虫鱼之五

周作人，原名周櫆寿，号知堂、药堂等。1885 年生于浙江绍兴，鲁迅之弟。1906 年去日本，相继在法政大学、立教大学学习。1911 年回国，1917 年到北京，长期在北京大学、燕京大学、北京女子师范大学、中法大学等校任教授。五四新文化运动中因发表《人的文学》《平民文学》而著名，1921 年提倡"美文"，并为实践其主张而写作大量小品，于微小生命与庸凡琐事中倾以深厚的同情，于民俗知识与风情中发掘人类野蛮现象的根源，风格苦涩而博雅，影响深远流长，成为新文学创作的重要流派的代表作家。一生结集出版的散文集有《自己的园地》《雨天的书》《谈龙集》《谈虎集》《泽泻集》《看云集》等二十多种。抗战爆发后滞留北京，出任日伪统治下的北京大学文学院院长、华北教育督办等职，抗战胜利后以汉奸罪被捕入狱。1949 年保释出狱，居家从事希腊、日本文学的翻译工作。晚年写作《知堂回想录》。1967 年病故于北京。

我是在水乡生长的，所以对于水未免有点情分。学者们说，人类曾经做过水族，小儿喜欢弄水，便是这个缘故。我的原因大约没有这样远，恐怕这只是一种习惯罢了。

　　水。有什么可爱呢？这件事是说来话长，而且我也有点儿说不上来。我现在所想说的单是水里的东西。水里有鱼虾，螺蚌，茭白，菱角，都是值得记忆的，只是没有这些工夫来一一记录下来，经了好几天的考虑，决心将动植物暂且除外。——那么，是不是想来谈水底里的矿物类么？不，决不。我所想说的，连我自己也不明白它是哪一类，也不知道它究竟是死的还是活的，它是这么一种奇怪的东西。

　　我们乡间称它作 Ghosychiü，写出字来就是"河水鬼"。它是溺死的人的鬼魂。既然是五伤之一——五伤大约是水、火、刀、绳、毒罢，但我记得又有虎伤似乎在内，有点弄不清楚了，总之水死是其一，这是无可疑的，所以它照例应"讨替代"。听说吊死鬼时常骗人从圆窗伸出头去，看外面的美景，（还是美人？）倘若这人该死，头一伸时可就上了当，再也缩不回来了。河水鬼的法门也就差不多是这一类，它每幻化为种种物件，浮在岸边，人如伸手想去捞取，便会被拉下去，虽然看来似乎是他自己钻下去的。假如吊死鬼是以色迷，那么河水鬼可以说是以利诱了。它平常喜欢变什么东西，我没有打听清楚，我所记得的只是说变"花棒槌"，这是一种玩具，我在儿时听见所以特别留意，至于所以变这玩具的用意，或者是专以引诱小儿亦未可知。但有时候它也用武力，往往有乡人游泳，忽然沉了下去，这些人都是像虾蟆一样地"识水"的，论理决不会失足，所以这显然是河水鬼的勾当，只有外道才相信是由于什么脚筋拘挛或心脏麻痹之故。

照例，死于非命的应该超度，大约总是念经拜忏之类，最好自然是"翻九楼"，不过翻的人如不高妙，从七七四十九张桌子上跌了下来的时候，那便别样地死于非命，又非另行超度不可了。翻九楼或拜忏之后，鬼魂理应已经得度，不必再讨替代了，但为防万一危险计，在出事地点再立一石幢，上面刻南无阿弥陀佛六字，或者也有刻别的文句的罢，我却记不起来了。在乡下走路，突然遇见这样的石幢，不是一件很愉快的事，特别是在傍晚，独自走到渡头，正要下四方的渡船亲自拉船索渡过去的时候。

话虽如此，此时也只是毛骨略略有点悚然，对于河水鬼却压根儿没有什么怕，而且还简直有点儿可以说是亲近之感。水乡的住民对于别的死或者一样地怕，但是淹死似乎是例外，实在怕也怕不得许多，俗语云，瓦罐不离井上破，将军难免阵前亡，如住水乡而怕水，那么只好搬到山上去，虽然那里又有别的东西等着，老虎、马熊。我在大风暴中渡过几回大树港，坐在二尺宽的小船内在白鹅似的浪上乱滚，转眼就可以沉到底去，可是像烈士那样从容地坐着，实在觉得比大元帅时代在北京还要不感到恐怖。还有一层，河水鬼的样子也很有点爱娇。普通的鬼保存它死时的形状，譬如虎伤鬼之一定大声喊阿唷，被杀者之必用一只手提了它自己的六斤四两的头之类，唯独河水鬼则不然，无论老的小的村的俊的，一掉到水里去就都变成一个样子，据说是身体矮小，很像是一个小孩子，平常三五成群，在岸上柳树下"顿铜钱"，正如街头的野孩子一样，一被惊动便跳下水去，有如一群青蛙，只有这个不同，青蛙跳时"不东"的有水响，有波纹，它们没有。为什么老年的河水鬼也喜欢摊钱之戏呢？这个，乡卜懂事的老辈没有说明给我听过，我也没有本领自己去找到说明。

我在这里便联想到了在日本的它的同类。在那边称作"河童"，读如 Kappa，说是 Kawawappa 之略，意思即是川童二字，仿佛芥川龙之介有过这样名字的一部小说，中国有人译为"河伯"，似乎不大妥帖。这与河水鬼有一个极大的不同，因为河童是一种生物，近于人鱼或海和尚。它与河水鬼相同要拉人下水，但也喜欢拉马，喜欢和人角力。它的形状大概如猿猴，色青黑，手足如鸭掌，头顶下凹如碟子，碟中有水时其力无敌，水涸则软弱无力，顶际有毛发一圈，状如前刘海，日本儿童有蓄此种发者至今称作河童发云。柳田国男在《山岛民谭集》（1914）中有一篇《河童驹引》的研究，冈田建文的《动物界灵异志》（1927）第三章也是讲河童的，他相信河童是实有的动物，引《幽明录》云，"水蝹一名蝹童，一名水精，裸形人身，长三五升，大小不一，眼耳鼻舌唇皆具，头上戴一盆，受水三五尺，只得水勇猛，失水则无勇力"，以为就是日本的河童。关于这个问题我们无从考证，但想到河水鬼特别不像别的鬼的形状，却一律地状如小儿，仿佛也另有意义，即使与日本河童的迷信没有什么关系，或者也有水中怪物的分子混在里边，未必纯粹是关于鬼的迷信了罢。

十八世纪的人写文章，末后常加上一个尾巴，说明寓意，现在觉得也有这个必要，所以添写几句在这里。人家要怀疑，即使如何有闲，何至于谈到河水鬼去呢？是的，河水鬼大可不谈，但是河水鬼的信仰以及有这信仰的人却是值得注意的。我们平常只会梦想，所见的或是天堂，或是地狱，但总不大愿意来望一望这凡俗的人世，看这上边有些什么人，是怎么想。社会人类学与民俗学是这一角落的明灯，不过在中国自然还不发达，也还不知道将来会不会发达。我愿意使河水鬼来做个先锋，引起大家对于这方面的调查与研究之兴趣。我想恐怕喜欢顿铜钱的小鬼没有这样力量，我自己又不能做研究考证的文章，便写了这样一篇闲话，要想去抛砖引玉实在有点惭愧。但总之关于这方面是"伫候明教"。

十九年五月

选自《看云集》

岳麓书社 1988 年版

作家的话 ◈

我本来是无信仰的，不过以前还凭了少年的勇气，有时候要高谈阔论地讲话，亦无非是自骗自罢了，近几年来却有了进步，知道自己的真相，由信仰而归于怀疑，这是我的"转变方向"了。不过我并不倚老卖老地消极，我还是很虚心地想多知道一点事情，无论这是关于生活或艺术以至微末到如"河水鬼"这类东西。我现在没有什么要宣传，我只要听要知道。

《〈艺术与生活〉序二》

评论家的话 ◈

这里的文字，真像是水浸润过似的，明净之下又蕴含着温厚的情趣；周作人曾评森鸥外与夏目漱石的文章"清淡而腴润"，如用以自评，是再合适不过的。通常是狰狞的鬼，到了周作人的笔下，为什么却只会引出"温熙的微笑"呢？且看周作人如何"篇末显其旨"："人家要怀疑，即使如何有闲，何至于谈到河水鬼去呢？是的，河水鬼大可不谈，但是河水鬼的信仰以及有这信仰的人却是值得注意的。我们平常只会梦想，所见的或是天堂，或是地狱，但总不大愿意来望一望这凡俗的人世，看这上边有些什么人，是怎么想，社会人类学与民俗学是这一角落的明灯，……我愿意使河水鬼来做个先锋，引起大家对于这方面的调查与研究之兴趣。"原来周作人谈"鬼"是为了说"人"，他笔下的"鬼趣"实则更是"人情"：平凡、普通，没有任何"光环"，也就没有任何外在掩饰与束缚因而也是更自然的"人"，才是周作人关注的中心——周作人仍然继续着五四开始的"人的研究"；但已不带任何"启蒙"的目的与动机，带有更强烈的"个人兴趣"的色彩，任意写来，别有一番轻快与洒脱。

钱理群：《周作人传》

施蛰存

◈ 石　秀

　　施蛰存，1905 年生于浙江杭州，少年时代迁居松江。1923
年起，相继在上海大学、大同大学、上海震旦大学学习，开始
文学创作，并与戴望舒、穆时英、刘呐鸥等人一起从事文学活
动，参加编辑《无轨列车》和《新文艺》，创办第一线书店和
水沫书店等；1932 年又主编大型文艺月刊《现代》，形成了一
个以借鉴和吸收西方现代主义手法为特色的文学思潮。著有小
说集《上元灯》《将军底头》《梅雨之夕》《善女人行品》等，
其中《将军底头》中四篇小说，有意识地用精神分析学来解释
历史上的种种事件和人物，着意挖掘人物的潜意识，引起文学
界的关注。1937 年抗日战争全面爆发后，先后在云南昆明大
学、厦门大学任教；1947 年回沪，曾在暨南大学、光华大学、
沪江大学等校任教。1952 年起执教于华东师范大学中文系。
1957 年反右运动时曾被错划成右派，平反后致力于古典文学的
研究工作。2003 年 11 月 19 日去世。

一

却说石秀这一晚在杨雄家里歇宿了，兀自的翻来覆去睡不着。隔着青花布帐眼睁睁的看着床面前小桌子上的一盏燃着独股灯芯的矮灯檠，微小的火焰在距离不到五尺的靠房门的板壁上直是乱晃。石秀的心情，也正如这个微小的火焰一般的在摇摇不定了。其实，与其说石秀的心情是和这样的一个新朋友家里的灯檠上的火焰一样地晃动，倒不如说它是被这样的火焰所诱惑着，率领着的，更为惬当。因为上床之后的石秀起先是感觉到了一阵白昼的动武，交际，谈话，所构合成的疲倦，如果那时就闭上眼纳头管自己睡觉，他是无疑地立即会得呼呼的睡个大聪的。叵耐石秀是个从来就没有在陌生人家歇过夜的人，况且自己在小客店里每夜躺的是土炕，硬而且冷，那有杨雄家这样的软绵绵的铺陈，所以石秀在这转换环境的第一夜，就觉得一时不容易入睡了。

躺在床上留心看着这个好像很神秘的晃动着的火焰，石秀心里便不禁给勾引起一大片不尽的思潮了。当时的石秀，一点不夸张地说，虽则没有睡熟，也昏昏然的好像自己是已经入了梦境一般了。他回想起每天挑了柴担在蓟州城里做买卖的生涯，更回想起七年前随同了叔父路远迢迢的从金陵建康府家乡来此贩买牛羊牲口的情形，叔父怎样死在客店里，自己又怎样的给牛贩子串同了小泼皮做下了圈套，哄骗得自己折蚀完了本钱，回去不得。自己想想自己的生世，真是困厄险巇之至。便是今天的事情，当初是只为了路见不平，按捺不下一股义侠之气。遂尔帮祖了杨节级，把张保这厮教训了一顿拳脚，却不想和杨节级结成了异姓兄弟，从此住到他家里来；更不想中间又认识了梁山水泊里天下闻名的人物，算算这一日里的遭际，又简直有些疑真疑幻起来。

猛可地，石秀又想起了神行太保递给他的十两纹银。伸手向横在脚边的钱袋里一摸，兀不是冷冰冰的一锭雪白花银吗？借着隔了一重青花布帐的微弱的灯光，石秀把玩着这个寒光逼眼，宝气射人的银锭，不觉得心中一动，我石秀手头竟有三五年没拿到这样沉重的整块银子了。当那神行太保递给我银锭的时候，一气的夸说着梁山泊里怎样的人才众多，怎样的讲义气，怎样的论秤分金银，换套穿衣服，自己想想正在无路投奔的当儿，正可托他们去说项说项，投奔入伙，要不是杨节级哥哥撞入店中来，这时候恐怕早已和他们一路儿向梁山泊去了，这样想着的石秀，颇有些后悔和杨雄结识这回事了。想想现在虽则住在杨雄家里，听潘公的口气，很想要我帮他开设一爿肉铺子，这虽然比在蓟州城中挑柴担要强的多，可终究也不是大丈夫出头之所。于是，这个年轻的武士石秀不由的幻想着那些在梁山水泊里等待着他的一切名誉，富有，和英雄的事业。"哎！今番是错走了道儿了也。"石秀瞪视着帐顶，轻声地对自己说着这样后悔的话。

可是，正如他的脾气的急躁一样，他的思想真也变换得忒快。好似学习了某种新的学问似的，石秀忽然又悟到了一个主意：啐！那戴宗杨林这两个东西，简直的说得天花乱坠，想骗我石秀入伙，帮同他们去干打家劫舍的不义的勾当。须知我石秀虽则贫贱，也有着清清白白的祖宗家世，难道一时竟熬不住这一点点的苦楚，自愿上山入伙，给祖宗丢脸不成。他们所说朝廷招安等话，全是胡说，谁个不知道现今各处各城张挂着榜文图像，捉拿那个山东及时雨宋江，难道朝廷还会得招安他们给他们官儿做么？我石秀怎地一时糊涂，险些儿钻进了圈套，将来犯了杀头开腔之苦还没什么打紧，倒是还蒙了一个强盗的名声可不是什么香的。哎！哎！看来我石秀大概是穷昏了，免不得要见财起意，这可是真丢脸了。罢了，别稀罕这个捞什子了。倒还不如先开起肉铺子来，积蓄几个盘缠，回家乡去谋个出头的日子罢。这样想着的石秀，随手突的一声，将那个银锭抛在床角边去了。

思绪暂时沉静了下去之后，渐渐地又集中到杨雄身上。这时，在坦白的，纯粹的石秀的心上，追慕着他所得到了杨雄的印象了。那个黄面孔，细长眉毛，两只胳膊上刺满了青龙花纹的杨雄的形貌，是他在没有和杨雄相识的前就早已认熟了的，他这时所追想的是日间的杨雄的谈吐和对待他的仪态，"到底是一个爽直慷慨的英雄啊！"思索了一番之后，用着英雄惜英雄的情意，石秀得到了这样的结案。但是，忽地又灵光一闪，年轻的石秀眼前又浮上一个靓艳的人形来，这是杨雄的妻小潘巧云了。不知怎地，石秀脑筋里分明记得刚才被杨雄叫出堂前来见礼的时候的她的一副袅袅婷婷的姿态，一袭回文卍字镂空细花的杏黄濮绸袷衫，轻轻地束着一副绣花如意翠绿抹地丝绦，斜领不掩，香肩微弹，隐隐的窥得见当胸一片乳白的肌肤，映照着对面杨雄穿着的一件又宽又大的玄色直裰，越发娇滴滴地显出红白。先前，当她未曾打起布帘儿出来的时候，石秀就听见了一声永远也忘不了它的娇脆的"大哥，你有甚叔叔？"石秀正在诧异这声音怎地软又怎地婉转，她却已经点动着花簇簇的鞋儿走了出来。

直害得石秀慌了手脚，迎上前去，正眼儿不敢瞧一下，行礼不迭。却又吃她伸出五指尖尖的左手来对他眼前一摆，如像一匹献媚的百灵鸟似的说着："奴家年轻，那敢受此大礼。"石秀分明记得，那个时候，真是窘乱得不知如何是好，自己是从来没有和这样的美妇人觌面交话过，要不是杨雄接下话去，救了急，真个不知要显出怎样的村蠢相来呢。想着这样的情形，虽然是在幽暗的帐子里，石秀也自觉得脸上一阵的燥热起来，心头也不知怎的像有小鹿儿在内乱撞了。想想自己年纪又轻，又练就得一副好身手，脸蛋儿又生得不算不俊俏，却是这样披风带雪的流落在这个举目无亲的蓟州城里干那低微的卖柴勾当，生活上的苦难已是今日不保明日，哪里还能够容许他有如恋爱之类的妄想；而杨雄呢，虽说他是个忼爽的英雄，可是也未必便有什么了不得的处所，却是在这个蓟州城里，便要算到数一数二的人物，而且尤其要叫人短气的，却是如他这样的一尊黄皮胖大汉，却搂着恁地一个国色天香的赛西施在家里，正是天下最不平的事情。那石秀愈想愈闷，不觉的莽莽苍苍地叹了一口浩气。

这时，石秀眼前忽觉倏的一暗，不禁吃了一吓，手扶着头，疑心自己想偏了心，故而昏晕了。但自己委实好端端地没有病，意识仍然很清楚，回头向帐外一望，不期扑哧一笑，原来灯盏里的灯芯短了，光焰遂往下一沉。石秀便撩起帐子，探身出来剔着灯芯。忽听得房门外窸窸窣窣的起着一阵轻微的声音，好像有人在外面行动。石秀不觉停住了剔灯芯的那只手，扶在床边的小桌子上，侧耳倾听，却再也听不出什么来。石秀心下思忖，想是杨雄他们夫妇还未睡觉，正在外面拿什么东西进房去呢。当下那年少热情的石秀，正如一个擅长着透视术的魔法师，穿过了闩闭着的房门，看出了外面秉着凤胫灯檠的穿着晚装的潘巧云，正在跋着紫绢的拖鞋翻身闪进里面去，而且连她当跨过门的时候，因为拖鞋卸落在地上，回身将那只没有穿袜子的光致的脚去勾取拖鞋的那个特殊的娇艳的动作，也给他看见了。是的，这样素洁的，轮廓很圆浑的，肥而不胖的向后仲着的美脚，这样的一种身子向着前方，左手秉着灯檠，右手平伸着，以保重她底体重的平衡的教人代为担忧的特殊的姿势，正是最近在挑着柴担打一条小巷里经过的时候，一个美丽的小家女子所曾使石秀吃惊过的。但是，现在，石秀却仿佛这样的姿态和美脚是第一度才看见，而且是属于义兄杨雄的妻子，那个美丽的潘巧云的。

对于石秀，这显然是一种不可思议的奇迹。但石秀却并不就对于这样的奇迹之显现有一些阐明的欲求。非特如此，石秀甚至已完全忘记了当他看见那个美艳的妇人的短促的一时间，她究竟是否跣露着脚。这是，因为在他目前的记忆中，不知怎地，却再也想不起她底鞋袜是怎样的形式来。非特如此，使年轻的石秀陷于重压的苦闷之中的，是他底记忆，已经更进一步，连得当时所见的那个美艳的妇人底衣带裙裤的颜色和式样都遗失了。他所追想得到的潘巧云，只是一个使他眼睛觉着刺痛的活的美体底本身，是这样地充满着热力和欲望的一个可亲的精灵，是明知其含着剧毒而又自甘于被它底色泽和醇郁所魅惑的一盏鸩酒。非特如此，时间与空间底隔绝对于这时候的石秀，又已不起什么作用，所以，在板壁上晃动着的庞大的黑影是杨雄底玄布直裰，而在这黑影前面闪着光亮的，便是从虚幻的记忆中召来的美妇人潘巧云了。

也没有把灯芯剔亮，石秀底战抖的手旋即退缩入帐中，帐门便掩下了。石秀靠坐在床上，一瞑目，深自痛悔起来。为什么有了这样的对于杨雄是十分不义的思想呢？自己是绝不曾和一个妇人有过关涉，也绝不曾有过这样的企求；——是的，从来也没有意识地生过这种恋望。然则何以会得在第一天结义的哥哥家里，初见了嫂子一面，就生着这样不经的妄念呢？这又岂不是很可卑的吗？对于自己的谴责，就是要先鞠问这是不是很可卑的呢？

　　觉醒了之后又自悔自艾着的石秀，这样地一层一层的思索着。终于在这样的自己检讨之下发生了疑问。看见了一个美妇人而生了痴恋，这是不是可卑的呢？当然不算得什么可卑的。但看见了义兄的美妇人而生痴恋，这却是可卑的事了。这是因为这个妇人是已经属于了义兄的，而凡是义兄的东西，做义弟的是不能有据为己有的希望的。这样说来，当初索性没有和杨雄结义，则如果偶然见着了这样的美妇人，倒不妨设法结一重因缘的。于是石秀又后悔着早该跟戴宗杨林两人上梁山去的。但是，一上梁山恐怕又未必会看见这样美艳的妇人了。从这方面说来，事情倒好像也是安排就了的。这里，是一点也不容许石秀有措手之余裕的。然则，现在既已知道了这是杨雄所有的美妇人之后，不存什么别的奢望，而徒然像回忆一弯彩虹似的生着些放诞的妄想，或者也是可以被允许的吧，或者未必便是什么大不了的可卑的事件吧。

　　这样地宽慰着自己的石秀，终于把新生的苦闷的纠纷暂时解决了。但是，在这样的解决之中，他觉到牺牲得太大了。允许自己尽量的耽于对潘巧云的妄想，而禁抑着这个热情底奔泄，石秀自己也未尝不觉到，这是一重危险。但为了自己底小心，守礼，和谨饬，便不得不用最强的自制力执行了这样的决断。

二

次日，石秀一觉醒来，听听窗外已是鸟声琐碎，日影扶苏，虽然还不免有些疲倦，只因为是在别人家里，客客气气的不好放肆，便赶紧起身，穿着停当，把房门开了。外面早已有一个丫鬟伺候着，见石秀起来，她就走进房来，把桌上的灯檠收过。石秀觉得没有话说，只眼看着那个丫鬟的行动。那丫鬟起先是嘿嘿地低着头进房来，待到一手掌着灯檠，不觉自顾自的微笑着，石秀看在眼里，心中纳罕，便问：

"喂，敢是有什么好笑的事看见了么？"

那丫鬟抬起头来对石秀瞅了一眼，当下石秀不觉又吃一惊。心想杨节级哥哥倒有这门福气，有了个艳妻不算，还养着这样一个美婢。你看她微红的俏脸儿，左唇边安着不大不小，不浓不淡的一点美人痣，鬓发蓬松，而不觉得粗乱，眼睛直瞅着你，好像要从她底柔薄的嘴唇里说出什么密恋的或狠毒的话来似的，又何尝有一丝一毫地方像一个丫鬟呢。眩惑着的石秀正在这样沉思着，忽然听见她说：

"爷好像昨儿晚上害怕了，没有熄得火睡。"

神志不属的石秀随嘴回答道：

"唔，没有害怕，睡觉得早，忘掉了吹火。"

直到那丫鬟拿了灯檠走出去了好一会儿，石秀还呆呆的站在衣桁边。刚才不是形容过这时的石秀是神志不属似的吗？石秀究竟怎样想着呢，难道看见了这样美艳的丫鬟，石秀又抑制不住自己底热情之挑诱了吗？还是因为这个丫鬟而又被唤起了昨夜的对于潘巧云的不义的思绪呢？……不是，都不是！石秀意识很清楚，既然对于潘巧云的态度是已经过了一番郑重的考虑而决定了，则当然对于潘巧云底丫鬟同样的不便有什么妄念，因为这也对于杨雄是很不义的事。然则，倘若要问，这时候的石秀受了怎样的感想而神志不属着的呢？这个，是可以很简单地阐明了的：原来石秀底感情，在与这个美艳的丫鬟照面的一刹那顷，是与其说是迷眩，不如说是恐怖，更为惬当些。虽然，明知潘巧云是潘巧云，而丫鬟是丫鬟，显然地她们两个人，在容貌和身份两方面，都有着判别，但石秀却恍惚觉得这个丫鬟就是潘巧云自己了。潘巧云就是这个丫鬟，这个丫鬟就是潘巧云；而不管她是丫鬟欤，潘巧云欤，又同时地在石秀底异常的视觉中被决断为剧毒和恐怖底原素了。通常说着"最毒妇人心"这等成语的，大都是曾经受到过妇人底灾祸的衰朽的男子，而石秀是从来连得与妇人的交际都不曾有过，决没有把妇人认为恶毒的可能。然则说是因为石秀看出来的潘巧云和丫鬟底容貌，都是很奸刁，很凶恶的缘故么？这也不是。石秀所看见的潘巧云和那丫鬟，正如我们所看见的一样，是在蓟州城里不容易找得到的两个年龄相差十一岁的美女子。这样讲起来，说石秀所感到的感情是恐怖的话，是应当怎样解释的呢？这是仍旧应当从石秀所看见的她俩的美艳中去求解答的。原来石秀好像在一刹那间觉得所有的美艳都就是恐怖雪亮的钢刀，寒光射眼，是美艳的，杀一个人，血花四溅，是美艳的，但同时也就得被称为恐怖；在黑夜中焚烧着宫室或大树林的火焰，是美艳的，但同时也就是恐怖；鸩酒泛着嫣红的颜色，饮了之后，醉眼酕然，使人歌舞弹唱，何尝不是很美艳的，但其结果也得说是一个恐怖。怀着这样的概念，石秀所以先迷眩于潘巧云和那丫鬟，而同时又呆呆地预感着未见的恐怖，而颇觉得有"住这样的门户里，恐怕不是什么福气罢"的感想。

呆气地立在衣桁边的石秀，刚想移步，忽听得外面杨雄底声音：

"大嫂，石秀叔叔快要起来，你也得替他安排好一套衣服巾帻，让他好换。停会儿再着人到街上石叔叔住过的客店里，把石叔叔的行李包裹拿了来。千万不要忘了。"

接着院子里一阵脚步响，石秀晓得是杨雄出去到官府里画卯去了。稍停了一会，石秀一个人在房里直觉得闲的慌，心想如果天天这样的住在杨雄家里没事做，杨雄又每天要去承应官府，不闷死，也得要闲死，这却应当想个计较才是，这样思索着，不觉的踱了出来。刚走到院子里，恰巧杨雄底妻子潘巧云，身后跟着那丫鬟，捧着一堆衣服，打上房里出来。那妇人眼快，一看见石秀，便陪着笑脸迎上来：

"叔叔起来得恁地早，昨夜安歇得晏了，何不多睡一晌？刚才大哥吩咐了替叔叔安排衣服，正要拿来给叔叔更换哩。"

石秀抬头一看，只见她又换了一身衣服。是一袭满地竹枝纹的水红夹衫，束着一副亮蓝丝绦，腰边佩着一双古玉，走路时叮叮当当的直响，好像闪动着万个琅玕。鬓角边斜插着一支珠凤。衣服好像比昨天的紧小一些，所以胸前浮起着的曲线似乎格外勾画得清楚了。当着这样的巧笑倩兮的艳色，虽说胸中早已有了定见，石秀也不禁脸上微红，一时有些不知怎样回答才是的失措了。

而潘巧云是早已看出了石秀是怎样地窘困着了。不等他想出回答的话，便半回身地对着那丫鬟说：

"迎儿，你自去把这些衣裳放在石爷房里。"

石秀正待谦让，迎儿早已捧着衣裳走向他房里去了，只剩了石秀和潘巧云两个对立在屋檐下。石秀左思右想，委实想不出什么话来应付潘巧云，只指望潘巧云快些进去，让自己好脱身出去。无奈这美妇人却好像识得他底心理似的，偏不肯放松他。好妇人，看着这样吃嫩的石秀，越发卖弄起风骚来。石秀眼看她把眉头一轩，秋波一转，樱唇里又迸出戛玉的声音：

"叔叔好像怪气闷的，可不是？其实叔叔住在这里，也就和住在自己家里一样，休要客气。倘气闷时，不妨到后园里去，那边小屋里见放着家伙，可以随便练练把式。倘有什么使唤，就叫迎儿，大哥每天价出外时多，在家时少，还要仰仗叔叔帮帮门户，叔叔千万不要把我们当作外人看待，拘束起来，倒叫我们大哥得知了，说我们服侍的不至诚。"

石秀看着这露出了两排贝玉般的牙齿倩笑着，旋又将手中的香罗帕捆着嘴唇的潘巧云，如中了酒似的昏眩着答道：

"嫂嫂说哪里话来，俺石秀多承节级哥哥好意，收容在这里居住，哪里还会气闷。俺石秀是个粗狂的人，不懂礼教，倘有什么不到之处，还得嫂嫂照拂。倘有用到俺的地方，也请嫂嫂差遣。……"

石秀话未说完，早见潘巧云伸出了右手的纤纤食指，指着石秀，快要接触着石秀底面颊，眼儿凹斜着，朗朗地笑着，说道：

"却又来了！叔叔嘴说不会客气，却偏是恁地客气。以后休要这样，叫奴家担受不起……"

被她这样说着，石秀益发窘急，一时却答不上话。这时，迎儿已走了回来，站在潘巧云身旁。趁着潘巧云询问迎儿怎样将衣服放在石爷房里的间隙，石秀才得有定一定神，把踉跄的仪态整顿一下的余裕。对于这样殷勤的女主人，石秀底私心是甚为满意了。石秀所得到的印象，潘巧云简直不仅是一个很美艳的女人，而且还是一个很善于交际，很洒脱，认真地说起来，又是对于自己很有好感的女人了。对于女人，石秀虽然并不曾有过交际的经验，但自知是决不至于禁受不住女人底谈笑而感觉到窘难的。所以，对于当前的潘巧云，继续地显现了稚气的困恼者，这是为了什么呢？在石秀，自己又何尝不明白，是为了一种秘密的羞惭。这种羞惭，就是对于昨天晚上所曾费了许多抑制力而想定了的决断而发生的。自从与潘巧云很接近地对立在屋檐下，为时虽然不过几分钟，而石秀却好像经过了几小时似的，继续地感觉到自己底卑贱。但愈是感得自己卑贱，却愈清晰地接受了潘巧云底明艳和爽朗。是的，这在石秀自己，当时也不可思议地诧异着潘巧云底声音容貌何以竟会得这样清晰地深印在官感中。还是他底官感已变成为异常的敏锐了呢？还是潘巧云底声音容貌已经像一个妖妇所有的那样远过于真实了？这是谁也不能解释的。

这种不由自主的喜悦克服了石秀，虽然感到自己之卑贱，虽然又因此感到些羞惭，但在这时候，却并不急于想离开潘巧云了。并且，甚至已经可以说是，下意识地，怀着一种希望和她再多厮近一会儿的欲念了。石秀假意咳了一声，调了个嗓子，向堂屋里看望了一眼。

"叔叔里面去坐罢，停会儿爷爷起来之后，就要和叔叔商量开设屠宰作坊的事情哩。"潘巧云闪了闪身子，微笑地说。

石秀就移步走进堂屋中，潘巧云和迎儿随后便跟着进来。彼此略略地谦逊了一会，各自坐定了。迎儿依旧侍立在潘巧云背后。石秀坐在靠窗的一只方椅上，心中暗自烦躁。很想和潘巧云多交谈几句，无奈自己又一则好像无话可说，再则即使有话，也不敢说。明知和潘巧云说几句平常的话是不算得什么的，但却不知怎的，总好像这是很足以使自己引起快感而同时是有罪眚的事。石秀将正在对着院子里的剪秋罗凝视着的眼光懦怯地移向潘巧云看去，却刚与她底一向就凝看着他的眼光相接。石秀不觉得心中一震，略俯下头去，又微微地咳嗽了一声。

"嫂嫂有事，请便，待我在这里等候大人。"

"奴家有什么事？还不是整天地闲着。街坊上又不好意思去逛，爷爷又是每天价上酒店去，叔叔没有来的时候，这里真是怪冷静的呢。"

这样说着的潘巧云，轻婉地立了起来。

"哎哟！真是糊涂，叔叔还没有用早点呢。迎儿，你去到巷口替石爷做两张炊饼来，带些蒜酱。"

迎儿答应着便走了出去。屋子里又只剩了潘巧云和石秀两个。石秀本待谦辞，叵耐迎儿走得快，早已唤不住了，况且自己肚子里也真有些饿得慌，便也随她。这时，潘巧云笑吟吟地走近来：

"叔叔今年几岁了？"

"俺今年二十八岁。"

"奴家今年二十六岁，叔叔长奴家两岁了。不知叔叔来到蓟州城里几年了？"

"唔，差不多要七年了。"

"这样说来，叔叔是二十一岁上出门的。不知叔叔在家乡可娶了媳妇没有？"

受了这样冒昧和大胆的问话底袭击，石秀不禁耳根上觉得一阵热。用了一个英爽多情的少年人底羞涩的眼光停瞩着潘巧云，轻声地说：

"没有。"

而出乎石秀意料之外的，是在这样答话之后，这样美艳的妇人却并不接话下去。俯视着的石秀抬起头来。分明地看出了浮显在她美艳的脸上的是一痕淫亵的，狎昵的倩笑。从她底眼睛里透露了石秀所从来未曾接触过的一种女性的温存，而在这种温存底背后，却又显然隐伏着一种欲得之而甘心的渴望。同时，在她底容貌上，又尽情地泄露了最明润，最映丽，最幻想的颜色。而在这一瞬间的美质底呈裸之时，为所有的美质之焦点者，是石秀所永远没有忘记了的她底将舌尖频频点着上唇的这种精致的表情。

这是一种神秘的暴露，一弯幻想的彩虹之实现。在第一刹那间，未尝不使石秀神魂震荡，目定口呆；而继续着的，对于这个不曾被热情遮蔽了理智的石秀，却反而是一重沉哀的失望。石秀颤震着，把眼光竭力从她脸上移开，蒙眬地注视着院子里飘飏在秋风中的剪秋罗。

"嫂嫂烦劳你给一盏茶罢，俺口渴呢。"

而这时，跋着厚底的鞋子，阁阁地走下扶梯出来的，是刚才起身的潘公。

三

是屠宰作坊开张后约莫一个多月的一个瑟爽的午后，坐在小屋的檐下，出神地凝视着墙角边的有十数头肥猪蠢动着的猪圈，石秀又开始耽于他底自以为可以得到些快感的幻想了。

因为每天要赶黎明时候起身，帮着潘公宰猪，应接买卖，砍肥剁瘦，直到傍午才得休停，这样的疲劳，使石秀对于潘巧云的记忆，浅淡了好久，虽然有时间或从邻舍家听到些关于她的话。

这一天，因为收市得早了些，况且又听见了些新鲜的关于潘巧云的话，独自个用过了午饭，杨雄又没有回来，潘公是照例地拖了他底厚底鞋子到茶坊酒肆中和他相与着的几个闲汉厮混去了。石秀这才悠然地重新整理起忘却了许久的对于潘巧云的憧憬。是刚才来买了半斤五花肉的那个住在巷口的卖馄饨的底妻子，告诉他的，说潘巧云嫁给杨雄是二婚了，在先她是嫁给的一个本府的王押司，两年前王押司患病死了，才改嫁给杨雄的，便是迎儿也是从王押司家里带来的。

想着新近听到的这样的话，又想起曾经有过一天，偶然地听得人说潘巧云是勾栏里出身的，石秀不觉对于潘巧云的出身有些怀疑起来了。莫不是真的她家里开过勾栏，然后嫁给了王押司的吗？不知节级哥哥知道不知道这底细？如果知道的，想必不会就把她娶来吧。

如果所听到的话都不是撒谎的，然则……这样的推料着的石秀，不禁又想起了那来到杨雄家里的第二天早晨的她底神情了。不仅是这一次，以后，在肉店开张的头几天，她也时常很亲密地来相帮在肉案子里面照料一切，每次都有着一种特别的神情使石秀底神经颤震过，而这些异常清晰的印象一时间又浮在眼前了。这无异于将她底完全的仪态展示在石秀面前。幻想着的石秀，开始微喟着："即使不是勾栏里出身的，看着这种举止，也免不得要给人家说闲话了。"

然则石秀是在轻蔑她了？……并非！这是因为石秀虽然为人英武正直，究竟还是个热情的少年汉子，所以此时的石秀，其心境却是两歧的，而这两歧的心境，都与轻蔑的感情相去极远，为杨雄底义弟的石秀，以客观的立场来看潘巧云，只感觉到她未免稍微不庄肃一点。而因为对于她底以前的历史有了一些似乎确实的智识，便觉得这种不庄肃的所以然，也不是什么不可恕的了。总之，无论她怎样，现在总是杨雄底妻子了，就这一点，石秀已经有了足够的理由应当看重她了。但是，同时，在另一方面，为一个热情的石秀自己，却是正因为晓得了潘巧云曾经是勾栏里的人物而有所喜悦着。这是在石秀底意识之深渊内，缅想着潘巧云历次的对于自己的好感之表示，不禁有着一种认为很容易做到的自私的奢望。倘若真是勾栏里的人呢，万一她这种亲昵的表情又是故意的，那么，在我这方面，只要以为对于杨雄哥哥没有什么过不去，倒是不能辜负她底好意的，如像她这样的纤弱和美貌，对于如杨雄哥哥这样的一个黄胖大汉，照人情讲起来，也实在是厮配不上的。而俺石秀，不娶浑家便罢，要娶浑家，既已看见过世上有这等美貌的女人，却非娶这等女人不可了。

这样思索着的石秀，对于潘巧云的暗秘的情热，又急突地在他心中蠢动起来了。这一次的情热，却在第一次看见了潘巧云而生的情热更猛烈了。石秀甚至下意识地有了"虽然杨雄是自己底义兄，究竟也不是什么了不得的关系，便爱上了他底浑家又有甚打紧"的思想。

石秀对于以前的以谨饬，正直，简单的态度拒绝潘巧云底卖弄风骚，开始认为是傻气的而后悔着了。潘巧云已有好几天不到作坊里来了，便是迎儿在点茶递饭的当儿，平时总有说有笑的，而近来却也不知怎的，似乎收敛了色笑。莫不是那女人见勾搭不上自己，有些不悦意了么？莫不是她曾经告诫过迎儿休得再来亲近么？石秀底后悔随着推想底进展而变作一种自愧的歉仄了。是的，是好像自己觉得辜负了潘巧云底盛情的抱歉。

由于很清晰地浮动在眼前的美妇人潘巧云底种种爱娇的仪态，和熊熊地炽热于胸中的一个壮年男子底饥饿着的欲望，石秀不自主地离去了宰猪的作坊和猪圈，走向杨雄夫妇们住着的正屋中去了。这时候，石秀底心略微有些飘荡了。从此一走进室内去，倘若又看见了她，那实在是恋慕着的美艳的女人，将装着怎么样的态度呢？石秀也很了解自己，所以会得心中忐忑不宁而生着这样的难于自决的疑问者，质直地说起来，也就是早有了不甘再做傻子的倾向了。但是，事实又是逼迫着他在两条路中间选择一条的，既不甘再做傻子，对于潘巧云底风流的情意有所抱歉，则这一脚踏进室内去，其结果自然是不必多说的了。而石秀是单为了对于这样的结果，终究还有些疑虑，所以临时又不免有"看见了她，将装着怎样的态度呢？"这种不很适当的踌躇。

但是他终于怀着这样飘荡忐忑的心而走进了潘巧云正在那儿坐

着叫迎儿捶腿的那间耳房了。一眼看见石秀倏然走进来，潘巧云底神色倒好像有些出于不意似的稍微吃惊了一下。但这是不过是一瞬间的事，甚至连搁在矮凳上的两条腿也没有移动一下，潘巧云随即装着讽刺的笑脸说：

"哎哟！今天是甚好风儿把叔叔吹了进来。一向只道叔叔忙着照料买卖，虽说是同住在一个宅子里，再也休想叔叔进来看望我们的。"

说了这样俏皮话的潘巧云，向石秀瞟了一眼，旋即往下望着那屈膝了蹲在旁边，两个拳头停在她小腿上的迎儿，左腿对着迎儿一耸，说道：

"怎么啦？为什么停着不捶呀，石爷又不是外人，也没有什么害臊的。"

迎儿一抿嘴，接着又照前的将两个拳头向潘巧云底裹着娇红的裤子的大腿上捶上来了。

石秀不觉的脚下趑趄，进又不是，退又不是，没个安排处。心里不住地怯荡，好像已经做下了什么不端的事情了。对着这样放肆的，淫佚相的美妇人，如果怀着守礼谨饬的心，倒反而好像是很寒酸相了。展现在自己眼前的，是纯粹的一场淫猥的，下流的飨宴，唯有沉醉似的去做一个享用这种佚乐的主人公，才是最最漂亮而得体的行为。石秀虽然没有到过什么勾栏里去，但常常从旁人底述说及自己底幻想中推料到勾栏里姐儿们底行径：纤小的脚搁在朱漆的一凳上，斜拖了曳地的衣衫，诱惑似的显露了裹膝或裤子，或许更露出了细脆的裤带。瘦小的手指，如像拈着一枝蔷薇花似的擎着一个细窑的酒盏，而故意地做着斜睨的姿态的眼睛，又老是若即若离的流盼着你，泄露了临睡前的感情的秘密。这种情形，是常常不期然而然地涌现在石秀底眼前，而旋即被一种英雄底庄严所诃叱了的。

预先就怀了一种不稳重的思想的石秀，看了这故意显现着捶腿的姿态的潘巧云，仿佛间好像自己是走进在一家勾栏里了似的，潘巧云是个娼妇，这思想又在石秀底心中明显地抬头了。从什么地方再可以判别出这是杨雄底家里，而不是勾栏里呢？好了，现在一切都已经安排好了，所等待着的就是石秀底一句话，一个举动。只要一句话或一个举动就尽够解决一切了。

石秀沉吟地凝看着潘巧云底裹着艳红色裤子的上腿部，嘴里含满了一口黏腻的唾沫。这唾沫，石秀是曾几次想咽下去，而终于咽不下；几次想吐出来，而终于吐不出来的。而在这样的当儿，虽然没有正眼儿地瞧见，石秀却神经似的感觉到潘巧云底锐利的眼光正在迎候着他。并且，更进一步地，石秀能预感到她这样的眼光将怎样地跟着他底一句话或一个举动而骤然改变了。

"今天有大半天空闲，所以特地来望望嫂嫂，却不道嫂嫂倒动怒了。"石秀终于嗫嚅地说。

潘巧云把肩膀一耸，冷然一笑，却带着三分喜色：

"叔叔倒也会挖苦人。谁个和叔叔动怒来？既然承叔叔美意，没有把奴家忘了，倒教奴家过意不去了。"

一阵寒噤直穿透石秀底全身。

接着是一阵烦热，一阵狎亵的感觉。

"嫂嫂，这一身衣服倒怪齐整的……"

准备着用轻薄的口吻说出了这样的调笑的话，但猛一转眼，恰巧在那美妇人底背后，浮雕着回纹的茶几上，冷静地安置着那一条的杨雄底皂色头巾，讽刺地给石秀瞥见了。

"迎儿，你去替石爷点一盏香茶来。"这美丽的淫妇向迎儿丢了个眼色。

但她没有觉得背后的杨雄底敝头巾却已经有着这样的大力把她底自以为满意的胜利劫去了。在石秀心里，爱欲的苦闷和烈焰所织成了的魔网，这全部毁灭了。呆看着这通身发射出淫亵的气息来的美艳的妇人，石秀把牙齿紧啮着下唇，突然地感觉到一阵悲哀了。

"迎儿快不要忙，俺还得先出去走一趟，稍停一会儿再来这里打搅。"

匆匆地说着这样的话，石秀终于对潘巧云轻蔑地看了一眼，稍微行了半个礼，决心一回身，大踏步走了出来了。在窗外，他羞惭地分明听得了潘巧云底神秘的，如银铃一般的朗笑。

次日早，起五更把买卖托给了潘公一手经管，石秀出发到外县买猪去了。

四

是在买猪回来的第三天，买卖完了，回到自己房中，石秀洗了手，独自个呆坐着。

寻思着前天夜里所看见和听见的种种情形，又深悔着自己那天没有决心把账目交代清楚，动身回家乡去了。那天买猪回来的时候，店门关闭，虽然潘公说是为了家里要奉经，怕得没人照管，但又安知不是这个不纯良的妇人因为对于自己有了反感而故意这样表示的呢？石秀自以为是很能够懂得一个妇人的心理的，当她爱好你的时候，她是什么都可以牺牲给你的，但反之，当她怀恨你的时候，她是什么都吝啬的了。推想起来，潘巧云必然也有着这样的心，只为了那天终于没有替她实现了绮艳的白日梦，不免取恨于他，所以自己在杨雄家里，有了不能安身之势了。

但如果仅仅为了这样的缘故，而不能再久住在杨雄家里，这在石秀，倒也是很情愿的。因为如果再住下去，说不定自己会真的做出什么对不住杨雄的下流事情来，那时候倒连得懊悔也太迟了。

然而，使石秀底心奋激着，而终于按捺不下去者，是自己所深自引恨着以为不该看见的前天夜里的情形。其实，自己想想，如果早知要看见这种惊心怵目的情形，倒是应该趁未看见之前洁身远去的。而现在，是既已清清楚楚目击着了，怀疑着何以无巧不巧地偏要给自己看见这种情形呢？这算是报仇么？还是一种严重的诱引呢？于是，石秀底心奋激着，即使要想走，也不甘心走了。

同时，对于杨雄，却有些悲哀或怜悯了。幻想着那美妇人对于那个报恩寺里的和尚海阇黎裴如海的殷勤的情状，更幻想着杨雄底英雄的气概，石秀不觉得慨叹着女人底心理的不可索解了。冒着生命之险，违负了英雄的丈夫，而去对一个粗蠢的秃驴结好，这是什么理由呢？哎！虽然美丽，但杨雄哥哥却要给这个美丽误尽了一世英名了。

这样想着的石秀，在下意识中，却依旧保留着一重自己的喜悦。无论如何，杨雄之不为这个美妇人潘巧云所欢迎，是无可否认的了。但自己呢，如果不为了杨雄的关系，而简直就与她有了苟且，那么，像裴如海这种秃驴恐怕不会得再被潘巧云所赏识罢。这样说来，潘巧云之要有外遇，既已是不可避免之事，则与其使她和裴如海发生关系，恐怕倒还是和自己发生关系为比较的可想罢。

石秀从板凳上站了起来，结束了一下腰带，诧异着竟有这样诙谐的思想钻入他底头脑里，真是不可思议的。石秀失笑了。再一想，如果此刻去到潘巧云那儿，依着自然的步骤，去完成那天的喜剧，则潘巧云对于自己又将取何等态度呢？……但是，一想到今天潘公因为要陪伴女儿到报恩寺去还愿，故而早晨把当日的店务交托给石秀，则此时是不消说得，潘巧云早已在报恩寺里了。虽然无从揣知他们在报恩寺里的情况，但照大局看来，最后的决胜，似乎已经让那个和尚占上风了。

嫉妒戴着正义的面具在石秀底失望了的热情的心中起着作用，这使石秀感到了异常的纷乱，因此有了懊悔不早些脱离此地的愤激的思想了。而同时，潘巧云底美艳的，淫亵的姿态，却在他眼前呈显得愈加清楚。石秀不得不承认自己是眷恋着她的，而现在是等于失恋了一样地悲哀着。但愿她前天夜里对于那个海阇黎的行径是一种故意做给自己看见的诱引啊，石秀私心中怀着这样谬误的期望。

对于杨雄的怜悯和歉意，对于自己底思想的虚伪的诃责，下意识的嫉妒，炽热着的爱欲，纷纷地蹂躏着石秀底无主见的心。这样地到了日色西偏的下午。石秀独自个走向前院，见楼门，耳房门，统统都下着锁，寂静没一个人，知道他们都尚在寺里，没有回来，不觉得通身感到了寂寞。这寂寞，是一个飘泊的孤独的青年人所特有的寂寞。

石秀把大门反锁了，信步走上街去。打大街小巷里胡乱逛了一阵，不觉有些乏起来，但兀自不想回去，因为料想起来，潘公他们准还没有回家，自己就使回家去，连夜饭也不见得能吃着，左右也是在昏暮的小屋里枯坐，岂不无聊。因此石秀虽则脚力有些乏了，却仍是望着闹市口闲步过去。

不一会，走到一处，大门外挂满了金字帐额，大红彩绣，一串儿八盏大宫灯，照耀得甚为明亮。石秀仔细看时，原来是本处出名的一家大勾栏。里面鼓吹弹唱之声，很是热闹。石秀心想，这等地方，俺从来没有闯进去过。今日闲闷，何不就去睖一睖呢。当下石秀就慢步踱了进去，揭起大红呢幕，只见里面已是挤满了人山人海。正中戏台上，有一个粉头正在说唱着什么话本，满座客人不停地喝着彩。石秀便去前面几排上觑个空位儿坐了。

接连的看了几回戏舞，听了几场话本之后，管弦响处，戏台上慢步轻盈地走出一个姑娘来，未开言先就引惹得四座客人们喝了一声满堂大彩。石秀借着戏台口高挂着的四盏玻璃灯光，定睛看时，这个姑娘好像是在什么地方看见过的，只是偏记不清楚。石秀两眼跟定着她底嘴唇翕动，昏昏沉沉竟也不知道她在唱些什么。

石秀终于被这个姑娘底美丽，妖娇，和声音所迷恋了。在搬到杨雄家去居住以前，石秀是从来也没有发现过女人底爱娇过；而在看见了潘巧云之后，他却随处觉得每一个女人都有着她底动人的地方。不过都不能如潘巧云那样的为众美所荟萃而已。这戏台上的姑娘，在石秀记忆中，既好像是从前在什么地方看见过的，而她底美丽和妖娇，又被石秀认为是很与潘巧云有相似之处。于是，童贞的石秀底爱欲，遂深深地被激动了。

二更天气，石秀已昏昏沉沉地在这个粉头底妆阁里了。刚才所经过的种种事：这粉头怎样托着盘子向自己讨赏，自己又怎样的掏出五七两散碎的纹银丢了出去，她又怎样的微笑着道谢，自己又怎样的招呼勾栏里的龟奴指定今夜要这个娼妇歇宿，弹唱散棚之后，她又怎样的送客留髡，这其间的一切，石秀全都在迷惘中过去了。如今是非但这些事情好像做梦一般，便是现在身在这娼妇房间里这样实实在在的事，也好像如在梦中一般，真的自己也有些不相信了。

石秀坐在靠纱窗下的春凳上，玻璃灯下，细审着那正在床前桌子上焚着一盒寿字香的娼女，忽然忆起她好像便是从前在挑着柴担打一条小巷里走过的时候所吃惊过的美丽的小家女子。……可真的就是她吗？一向就是个娼女呢还是新近做了这种行业的呢？她底特殊的姿态，使石秀迄未忘记了的美丽的脚踝，又忽然像初次看见似的浮现在石秀眼前。而同时，仿佛之间，石秀又忆起了第一晚住在杨雄家里的那夜的梦幻。潘巧云底脚，小巷里的少女底脚，这个娼女底脚，现在是都现实地陈列给石秀了。当她爇着了银盒中的香末，用了很轻巧的姿态，旋转脚跟走过来的时候，呆望着出神的石秀真的几乎要发狂似的迎上前去，抱着她底小腿，俯吻她底圆致美好底脚踝了。

这个没有到二十岁的娼女，像一个老资格的卖淫女似的，做着放肆的仪容，终于挨近了石秀。石秀心中震颤着，耳朵里好似有一匹蜜蜂在鸣响个不住，而他底感觉却并不是一个初次走进勾栏里来的少年男子底胆怯和腼腆，而是骤然间激动着的一种意义极为神秘的报复的快感。

那有着西域胡人底迷魂药末底魅力的，从这个美艳的娼女身上传导过来的热气和香味，使石秀朦胧地有了超于官感以上震荡。而这种震荡，是因为对于潘巧云的报复心，太满意过度了，而方才如此的。不错，石秀在这时候，是最希望潘巧云会得突然闯入到这房间里，并且一眼就看见了这个美艳的娼女正被拥抱在他底怀里。这样，她一定会得交并着忿怒，失望，和羞耻，而深感到被遗弃的悲哀，掩着面遁逃出去放声大哭的吧？如果真的做到了这个地步，无论她前天对于那个报恩寺里的和尚调情的态度是真的，抑或是一种作用，这一场看在眼里的气愤总可以泄尽了吧？

稍微抬起头来，石秀看那抱在手臂里的娼女，正在从旁边茶几上漆盘子里拣起一颗梨子，又从盘里拿起了预备着的小刀扦削着梨子皮。虽然是一个有经验的卖淫女，但眉宇之间，却还剩留着一种天真的姿态。看了她安心削梨皮的样子，好像坐在石秀怀里是已经感觉到了十分的安慰和闲适，正如一个温柔的妻子在一个信任的丈夫怀中一样，石秀底对于女性的纯净的爱恋心，不觉初次地大大的感动了。

石秀轻轻地叹了口气。

那娼女回过脸来，用着亲热的眼色问：

"爷怎么不乐哪？"

石秀痴呆了似的对她定着眼看了好半天。突然地一重强烈的欲望升了上来，双手一紧，把她更密接地横抱了转来。但是，在这瞬息之间，使石秀惊吓得放手不迭的，是她忽然哀痛地锐声高叫起来，并且立刻洒脱了石秀，手中的刀和半削的梨都耆的堕下在地板上了。她急忙地跑向床前桌上的灯檠旁去俯着头不知做什么去了。

石秀便跟踪上去，看她究竟做些什么，才知道是因为他手臂一紧，不留神害她将手里的小刀割破了一个指头。在那白皙，细腻，而又光洁的皮肤上，这样娇艳而美丽地流出了一缕朱红的血。创口是在左手的食指上，这嫣红的血缕沿着食指徐徐地淌下来，流成了一条半寸余长的红线，然后越过了指甲，如像一粒透明的红宝石，又像疾飞而逝的夏夜之流星，在不很明亮的灯光中闪过，直沉下去，滴到给桌面底影子所荫蔽着的地板上去了。

诧异着这样的女人底血之奇丽，又目击着她，皱着眉头的痛苦相，石秀觉得对于女性的爱欲，尤其在胸中高潮着了。这是从来所没有看见过的艳迹啊！在任何男子身上，怕决不会有这样美丽的血，及其所构成的使人怜爱和满足的表象罢。石秀——这热情过度地沸腾着的青年武士，猛然的将她底正在拂拭着创口的右手指挪开了，让一缕血的红丝继续地从这小小的创口里吐出来。

五

自从石秀在勾栏里厮混了一宵之后，转瞬又不觉一月有余。石秀渐渐觉得潘巧云的态度愈加冷酷了，每遭见面，总没有好脸色。就是迎儿这丫鬟每次送茶送饭也分明显出了不耐烦的神情。潘公向来是怕女儿的，现今看见女儿如此冷淡石秀，也就不敢同石秀亲热。况且这老儿一到下午，整天价要出去上茶寮，坐酒店，因此上只除了上午同在店里照应买卖的一两个时辰之外，石秀简直连影儿都找不到他。当着这种情景，石秀如何禁受得下！因此便不时地纳闷着了。

难道我在勾栏里荒唐的事情给发觉了，所以便瞧我不起吗？还是因为我和勾栏里的姑娘有了来往，所以这淫妇吃醋了呢？石秀怀着这样的疑虑，很想从潘巧云底言语和行动中得知一个究竟，叵耐潘巧云竟接连的有好几天没开口，甚至老是躲在房里，不下楼来。石秀却没做手脚处。实在，石秀对于潘巧云是一个没有忘情的胆怯的密恋者，所以这时候的石秀，是一半抱着羞怍，而一半却怀着喜悦。在梦里，石秀会得对潘巧云说着"要不是有着杨雄哥哥，我是早已娶了你了"这样的话。但是，一到白天，下午收了市，一重不敢确信的殷忧，或者毋宁说是耻辱，总不期然而然的会得兜上心来。那就是在石秀的幻象中，想起了潘巧云，总同时又仿佛看见了那报恩寺里的和尚裴如海底一派淫狎轻亵的姿态。难道女人所欢喜的是这种男人么？如果真是这样的，则自己和杨雄之终于不能受这个妇人底青眼，也是活该的事。自己虽则没有什么关系，但杨雄哥哥却生生地吃亏在她手里了。哎！一个武士，一个英雄，在一个妇人底眼里，却比不上一个和尚，这不是可羞的事么？但愿我这种逆料是不准确的呀！

耽于这样的幻想与忧虑的石秀，每夜总翻来覆去地睡不熟。一天，五更时分，石秀又陡的从梦里跳醒转来，看看窗棂外残月犹明，很有些凄清之感。猛听得巷外的报晓头陀敲着木鱼直走进巷里来，嘴里高喊着：

"普度众生，救苦救难，诸佛菩萨。"

石秀心下思忖道："这条巷是条死巷，如何有这头陀连日来这里敲木鱼叫佛？事有可疑——"这样的疑心一动，便愈想愈蹊跷了。石秀就从床上跳将起来，也顾不得寒冷，去门缝里张时，只见一个人戴顶头巾从黑影里闪将出来，和头陀去了，随后便是迎儿来关门。

看着了这样的行动，石秀竟呆住了。竟有这等事情做出来，看在我石秀底眼里吗？一时间，对于那个淫荡的潘巧云的轻蔑，对于这个奸夫裴如海的痛恨，对于杨雄的悲哀，还有对于自己的好像失恋而又受侮辱似的羞作与懊丧，纷纷地在石秀底心中扰乱了。当初是为了顾全杨雄哥哥一世的英名，没有敢毁坏了那妇人，但她终于自己毁了杨雄哥哥底名誉，这个妇人是不可恕的。那个和尚，明知她是杨雄底妻子竟敢来做这等苟且之事，也是不可恕的。石秀不觉叹口气，自说道："哥哥如此豪杰，却恨讨了这个淫妇，倒被这婆娘瞒过了，如今竟做出了这等勾当来，如何是好？"

巴到天明，把猪挑出门去，卖个早市。饭罢，讨了一遭赊账，日中前后，径到州衙前来寻杨雄，心中直是委决不下见了杨雄该当如何说法。却好行至州桥边，正迎见杨雄，杨雄便问道：

"兄弟哪里去来？"

石秀道：

"因讨赊账，就来寻哥哥。"

杨雄道：

"我常为官事忙，并不曾和兄弟快活吃三杯，且来这里坐一坐。"

杨雄把石秀引到州桥下一个酒楼上，拣一处僻静阁儿里，两个坐下，叫酒保取瓶好酒来，安排盘馔，海鲜，案酒。二人饮过三杯。杨雄见石秀不言不语，只低了头好像寻思什么要紧事情。杨雄是个性急的人，便问道：

"兄弟心中有些不乐，莫不是家里有甚言语伤触你处？"

石秀看杨雄这样地至诚，这样地直爽，不觉得心中一阵悲哀：

"家中也无有说话，兄弟感承哥哥把做亲骨肉一般看待，有句话敢说么？"

杨雄道：

"兄弟今日何故见外？有的话，尽说不妨。"

石秀对杨雄凝看了半晌，迟疑了一会儿，说道：

"哥哥每日出来承当官府却不知背后之事。……这个嫂嫂不是良人，兄弟已看在眼里多遍了，且未敢说。今日见得仔细，忍不住来寻哥哥，直言休怪。"

听着这样的话，眼见得杨雄姜黄的脸上泛上了一阵红色。呆想了一刻，才忸怩地说：

"我自无背后眼，你且说是谁？"

石秀喝干了一杯酒，说：

"前者家里做道场，请那个贼秃海阇黎来，嫂嫂便和他眉来眼去，兄弟都看见。第三日又去寺里还什么血盆忏愿心。我近日只听得一个头陀直来巷内敲木鱼叫佛，那厮敲得作怪。今日五更，被我起来张看时，看见果然是这贼秃，戴顶头巾，从家里出去。所以不得不将来告诉哥哥。"

把这事情诉说了出来，石秀觉得心中松动得多，好像所有的烦闷都发泄尽了。而杨雄黄里泛红的脸色，却气得铁青了。他大嚷道：

"这贼人怎敢如此！"

石秀道：

"哥哥且请息怒，今晚都不要提，只和每日一般；明日只推做上宿，三更后却再来敲门，那厮必定从后门先走，兄弟一把拿来，着哥哥发落。"

杨雄思忖了一会，道：

"兄弟见得是。"

石秀又吩咐道：

"哥哥今晚且不要胡发说话。"

杨雄点了点头，道：

"我明日约你便是。"

两人再饮了几杯，算还了酒钱，一同下楼来，出得酒肆，撞见四五个虞侯来把杨雄找了去，当下石秀便自归家里来收拾了店面，去作坊里歇息。

晚上，睡在床上，沉思着日间的事，心中不胜满意。算来秃驴的性命是已经在自家手里的了。谁教你吃了豹子心，猹狸肝，色胆包天，敢来奸宿杨雄底妻子？如今好教你见个利害呢。这样踌躇满志着的石秀忽然转念，假使自己那天一糊涂竟同潘巧云这美丽的淫妇勾搭上了手脚，到如今又是怎样一个局面呢。杨雄哥哥不晓得便怎样，要是晓得了又当怎样？……这是不必多想的，如果自己真的干下了这样的错事，便一错错到底，一定会得索性把杨雄哥哥暗杀了，省得两不方便的。这样设想着，石秀不禁打了个寒噤！

明夜万一提到了那个贼秃，杨雄哥哥将他一刀杀死了，以后又怎样呢？对于那个潘巧云，又应当怎样去措置的呢？虽然说这是该当让杨雄哥哥自己去定夺，但是看来哥哥一定没有那么样的心肠把这样美丽的妻子杀却的。是的，只要把那个和尚杀死了，她总也不敢再放肆了。况且，也许她这一回的放荡，是因为自己之不能接受她底宠爱，所以去而和这样的蠢和尚通奸的。石秀近来也很明白妇人底心理，当一个妇人好奇地有了想找寻外遇的欲望之后，如果第一个目的物从手里漏过，她一定要继续着去寻求第二个目的物来抵补的。这样说来，潘巧云之所以忽然不贞于杨雄也许间接的是被自己所害的呢。石秀倒有些歉仄似的后悔着日间在酒楼上对杨雄把潘巧云的坏话说得太过火了。其实，一则我也够不上劝哥哥杀死她，因为自己毕竟也是有些爱恋着她的。再则就是替哥哥设想，这样美丽的妻子，杀死了也可惜，只要先杀掉了这贼秃，让她心下明白，以后不敢再做这种丑事就够了。

怀着宽恕潘巧云的心的石秀次日晨起，宰了猪，满想先到店面中去赶了早市，再找杨雄哥哥说话。却不道到了店中，只见肉案并柜子都拆翻了，屠刀收得一柄也不见。石秀始而一怔，继而恍然大悟，不觉冷笑道："是了。这一定是哥哥醉后失言，透漏了消息，倒吃这淫妇使个见识，定是她反说我对她有什么无礼。她教丈夫收了肉店，我若便和她分辩，倒教哥哥出丑。我且退一步了，却别作计较。"石秀便去作坊里收拾了衣服包裹，也不告辞，一径走出了杨雄家。

石秀在近巷的客店内赁一间房住下了，心中直是忿闷。这妇人好生无礼，竟敢使用毒计，离间我和哥哥的感情。这样看来，说不定她会得唆使那贼秃，害了哥哥性命，须不是耍。现在哥哥既然听信了她底话，冷淡于我，我却再也说不明白，除非结果了那贼秃给他看。于是杀海阇黎裴如海的意志在石秀底心里活跃着了。

第三日傍晚，石秀到杨雄家门口巡看，只见小牢子取了杨雄底铺盖出去。石秀想今夜哥哥必然当牢上宿，决不在家，那贼秃必然要来幽会。当下便不声不响地回了客店，就房中把一口防身解腕尖刀拂拭了一回，早早的睡了。挨到四更天气，石秀悄悄的起身，开了店门，径踅到杨雄后门头巷内，伏在黑暗中张时，却好交五更时候，西天上还露着一勾残月，只见那个头陀夹着木鱼，来巷口探头探脑。石秀一闪，闪在头陀背后，一只手扯住头陀，一只手把刀去脖子上搁着。低声喝道：

"你不要挣扎，若高则声，便杀了你，你只好好实说，海和尚叫你来怎样？"

那头陀不防地被人抓住了，脖子上冷森森地晓得是利器，直唬得格格地说道：

"好汉，你饶我便说。"

石秀道：

"快说！我不杀你。"

头陀便说道：

"海阇黎和潘公女儿有染，每夜来往，教我只看后门头有香桌儿为号，便去寺里报信，唤他入钹；到五更头却教我来敲木鱼叫佛报晓，唤他出钹。"

石秀听了，鼻子里哼了一声，又问：

"他如今在哪里？"

头陀道：

"他还在潘公女儿床上睡觉。我如今敲得木鱼响，他便出来。"

石秀喝道：

"你且借衣服木鱼与我。"

只一手把头陀推翻在地上，剥了衣服，夺了木鱼，头陀正待爬起溜走，石秀赶上前一步，将刀就颈上一勒，只听得疙瘩一声，那头陀已经倒在地上，不做声息，石秀稍微呆了一阵，想不到初次杀人，倒这样的容易，这样的爽快。再将手中的刀就月亮中一照，却见刀锋上一点点的斑点，一股腥味，直攒进鼻子里来，石秀底精神好像受了什么刺激似的，不觉的望上一壮。

石秀穿上直裰，护膝，一边插了尖刀，把木鱼直敲进巷里来。工夫不大，只看见杨雄家后门半启，海阇黎戴着头巾闪了出来。石秀兀自把木鱼敲响，那和尚喝道：

"只顾敲什么！"

石秀也不应他，让他走到巷口，一个箭步蹿将上去，抛了木鱼，一手将那和尚放翻了。按住喝道：

"不要高则声！高声便杀了你。只等我剥了衣服便罢。"

海阇黎听声音知道是石秀，眼睛一闭，便也不敢则声。石秀就迅速地把他底衣服头巾都剥了，赤条条不著一丝。残月的光，掠过了一堵短墙，斜射在这裸露着的和尚底肉体上，分明地显出了强壮的肌肉，石秀忽然感觉到一阵欲念。这是不久之前，和那美丽的潘巧云在一处的肉体啊，仿佛这是自己底肉体一般，石秀却不忍将屈膝边插着的刀来杀下去了。但旋即想着那潘巧云底狠毒，离间自己和杨雄底感情，教杨雄逼出了自己；又想着她那种对自己冷淡的态度，呫！岂不都是因为有了你这个秃驴之故吗？同时，又恍惚这样海阇黎实在是自己底情敌一般，没有他，自己是或许终于会得和潘巧云成就了这场恋爱的，而潘巧云或许会继续对自己表示好感，但自从这秃驴引诱上了潘巧云之后，这一切全都给毁了。只此一点，已经是不可饶恕的了。嗯，反正已经杀了一个人了。……石秀牙齿一咬，打屈膝边摸出刚才杀过那头陀的尖刀来，觑准了海阇黎的脖子，只一刀直搠进去。这和尚哼了一声。早就横倒下去了。石秀再搠了三四刀，看看不再动弹，便站了起来，吐了一口热气。在石秀底意料中，仿佛杀人是很不费力的事，不知怎的，这样地接连杀了两个人，却这样地省事。石秀昏昏沉沉地闻着从寒风中吹入鼻子的血腥气，看着手中紧握着的青光射眼的尖刀，有了"天下一切事情，杀人是最最愉快的"这样的感觉。这时候，如果有人打这条巷里走过，无疑地，石秀一定会得很餍足地将他杀却了的。而且，在这一刹那间，石秀好像觉得对于潘巧云，也是以杀了她为唯一的好办法。因为即使到了现在，石秀终于默认着自己是爱恋着这个美艳的女人潘巧云的。不过以前是抱着"因为爱她，所以想睡她"的思想，而现在的石秀却猛烈地升起了"因为爱她，所以要杀她"这种奇妙的思想了。这就是因为石秀觉得最愉快的是杀人，所以睡一个女人，在石秀是以为决不及杀一个女人那样的愉快了。这是在石秀那天睡了勾栏里的娼女之后，觉得没有什么意味，而现在杀了一个头陀，一个和尚，觉得异常爽利这件事实上，就可以看得出来的。石秀回头一望杨雄家底后门，静沉沉的已关闭，好像这个死了的和尚并不是从这门户里走出来的。石秀好像失望似的，将尖刀上的血迹在和尚底尸身上括了括干净。这时，远处树林里已经有一阵雀噪的声音，石秀打了个寒噤，只才醒悟过来，匆匆地将手里的刀丢在头陀身边，将剥下来的两套衣服，捆做个包裹，径回客店里来。幸喜得客人都未起身，轻轻地开了门进去，悄悄地关上了自去房里睡觉。

　　一连五七日，石秀没有出去，一半是因为干下了这样的命案，虽说做得手脚干净，别人寻不出什么破绽，但也总宁可避避锋头。一半是每天价沉思着这事情的后文究竟应当怎样办，徒然替杨雄着想，石秀以为这时候最好是自己索性走开了这蓟州城，让杨雄他们依旧可以照常过日子，以前的事情，好比过眼云烟，略无迹象。但是，如果要替自己着想呢，既然做了这等命案，总要彻底地有个结局，不然岂不白白地便宜了杨雄？况且自己总得要对杨雄当面说个明白，免得杨雄再心中有什么芥蒂。此外，那要想杀潘巧云的心，在这蛰伏在客店里的数日中，因为不时地又想起了那天晚上在勾栏里看见娟女手指上流着鲜艳的血这回事，却越发饥渴着要想试一试了。如果把这柄尖刀，刺进了裸露着的潘巧云底肉体里去，那细洁而白净的肌肤上，流出着鲜红的血，她底妖娇的头部痛苦地侧转着，黑润的头发悬挂下来一直披散在乳尖上，整齐的牙齿紧啮着朱红的舌尖或是下唇，四肢起着轻微而均匀的波颤，但想象着这样的情景，又岂不是很出奇地美丽的吗？况且，如果实行起这事来，同时还可以再杀一个迎儿，那一定也是照样地惊人的奇迹。

终于这样的好奇和自私的心克服了石秀，这一天，石秀整了整衣衫走出到街上，好像长久没有看见天日一般的眼目晕眩着。独自个呆呆的走到州桥边，眼前一亮，瞥见杨雄正打从桥上走下来，石秀便高叫道：

"哥哥，哪里去？"

杨雄回过头来，见是石秀，不觉一惊。便道：

"兄弟，我正没寻你处。"

石秀道：

"哥哥且来我下处，和你说话。"

于是石秀引了杨雄走回客店来。一路上，石秀打量着对杨雄说怎的话，听杨雄说正在找寻我，难道自己悔悟了，要再把我找回去帮他泰山开肉铺子么？呸！除非是没志气的人才这么做。倘若他正要找我帮同去杀他底妻子呢？不行，我可不能动手，这非得本夫自己下手不可。但我可是应该劝他杀了那个女人呢，还是劝他罢休了？

不啊！……决不！这个女人是非杀不可的了，哥哥若使这回不杀她，总有一天她会把哥哥谋杀了的。

到了客店里的小房内，石秀便说道：

"哥哥，兄弟不说谎么？"

杨雄脸一红，道：

"兄弟你休怪我，是我一时愚蠢，不是了，酒后失言，反被那婆娘瞒过了，怪兄弟相闹不得。我今特来寻贤弟，负荆请罪。"

石秀心中暗想，"原来你是来请罪的，这倒说得轻容易。难道你简直这样的不中用么？"

待我来激他一激，看他怎生，当下便又道：

"哥哥，兄弟虽是个不才小人，却是个顶天立地的好汉，如何肯做这等之事？怕哥哥日后中了奸计，因此来寻哥哥，有表记教哥哥看。"

说着，石秀从炕下将过了和尚头陀的衣裳，放在杨雄面前，一面留心看杨雄脸色。果然杨雄眼睛一睁，怒火上冲，大声的说道：

"兄弟休怪。我今夜碎割了这贱人，出这口恶气。"

石秀自肚里好笑，天下有这等鲁莽的人，益发待我来摆布了罢。便自己沉吟了一回，打定主意，才说道：

"哥哥只依着兄弟的言语，教你做个好男子。"

杨雄很相信地说：

"兄弟，你怎地教我做个好男子？"

石秀道：

"此地东门外有一座翠屏山好生僻静。哥哥到明日，只说道：'我多时不烧香，我今来和大嫂同去。'把那妇人赚将出来，就带了迎儿同到山上。小弟先在那里等候着，当头对面，把是非都对明白了，哥哥那时写与一纸休书，弃了这妇人，却不是上着？”

杨雄听了这话，沉思了好半歇，只是不答上来。石秀便把那和尚头陀的衣裳包裹好了，重又丢进炕下去。只听杨雄说道：

“兄弟，这个何必说得，你身上清洁，我已知了，都是那妇人说谎。”

石秀道：

“不然，我也要哥哥知道和海阇黎往来真实的事。”

杨雄道：

“既然兄弟如此高见，必然不差，我明日准定和那贱人同上翠屏山来，只要你却休要误了。”

石秀冷笑道：

“小弟若是明日不来，所言俱是虚谬。”

当下杨雄便分别而去。石秀满心高兴，眼前直是浮荡着潘巧云和迎儿底赤露着的躯体，在荒凉的翠屏山上，横倒在丛草中。黑的头发，白的肌肉，鲜红的血，这样强烈的色彩的对照，看见了之后，精神上和肉体上，将感受到怎样的轻快啊！石秀完全像饥渴极了似的眼睁睁挨到了次日，早上起身，杨雄又来相约，到了午牌时分，便匆匆的吃了午饭，结算了客店钱，背了包裹，腰刀，杆棒，一个人走出东门，来到翠屏山顶上，找一个古墓边等候着。

工夫不多，便看见杨雄引着潘巧云和迎儿走上山坡来。石秀便把包裹，腰刀，杆棒，都放下在树根前，只一闪闪在这三人面前，向着潘巧云道：

“嫂嫂拜揖。”

那妇人不觉一怔，连忙答道：

"叔叔怎地也在这里？"

石秀道：

"在此专等多时了。"

杨雄这时便把脸色一沉，道：

"你前日对我说：'叔叔多遍把言语调戏你，又将手摸你胸前，问你有孕也未。'今日这里无人，你两个对的明白。"

潘巧云笑着道：

"哎呀，过了的事，只顾说什么？"

石秀不觉大怒，睁着眼道：

"嫂嫂，你怎么说？这须不是闲话，正要在哥哥面前对的明白。"

那妇人见神气不妙，向石秀丢了个媚眼道：

"叔叔，你没事自把髯儿提做什么？"

石秀看见潘巧云对自己丢着眼色，明知她是在哀求自己宽容些了。但是一则有杨雄在旁边，事实上也无可转圆，二则愈是她装着媚眼，愈勾引起石秀底奇诞的欲望。石秀便道：

"嫂嫂，你休要硬净，教你看个证见。"

说了，便去包裹里，取出海阇黎和那头陀底衣服来，撒放在地上道：

"嫂嫂，你认得么？"

潘巧云看了这两堆衣服，绯红了脸无言可对。石秀看着她这样的恐怖的美艳相，不觉得杀心大动，趁着这样红嫩的面皮，把尖刀直刺进去，不是很舒服的吗？当下便嗖地擎出了腰刀，一回头对杨雄说道：

"此事只问迎儿便知端的。"

杨雄便去揪过那丫鬟跪在面前，喝道：

"你这小贱人，快好好实说：怎地在和尚房里入奸，怎生约会把香桌儿为号，如何教头陀来敲木鱼，实对我说，饶你这条性命；但瞒了一句，先把你剁做肉泥。"

迎儿是早已唬做了一团，只听杨雄如此说，便一五一十的把潘巧云怎生奸通海和尚的情节统统告诉了出来。只是对于潘巧云说石秀曾经调戏她一层，却说没有亲眼看见，不敢说有没有这回事。

听了迎儿底口供，石秀思忖着：好利嘴的丫鬟，临死还要诬陷我一下吗？今天却非要把这事情弄个明白不可。便对杨雄道：

"哥哥得知么？这般言语须不是兄弟教她如此说的。请哥哥再问嫂嫂详细缘由。"

杨雄揪过那妇人来喝道：

"贼贱人，迎儿已都招了，你一些儿也休抵赖，再把实情对我说了，饶你这贱人一命。"

这时，美艳的潘巧云已经唬得手足失措，听着杨雄的话，只显露了一种悲苦相，含着求恕的眼泪道：

"我的不是了。大哥，你看我旧日夫妻之面，饶恕我这一遍罢。"。

听了这样的求情话，杨雄的手不觉往下一沉，面色立刻更变了。好像征求石秀底意见似的，杨雄一回头，对石秀一望。石秀都看在眼里，想杨雄哥哥定必是心中软下来了。可是杨雄哥哥这回肯干休，俺石秀却不肯干休呢。于是，石秀便又道：

"哥哥，这个须含糊不得，须要问嫂嫂一个明白缘由。"

杨雄便喝道：

"贱人，你快说！"

潘巧云只得把偷和尚的事，从做道场夜里说起，直至往来，一一都说了。石秀道：

"你却怎地对哥哥说我来调戏你？"

潘巧云被他逼问着，只得说道：

"前日他醉了骂我，我见他骂得蹊跷，我只猜是叔叔看见破绽，说与他。到五更里，又提起来问叔叔如何，我却把这段话来支吾，其实叔叔并不曾怎地。"

石秀只才暗道，好了，嫂嫂，你这样说明白了，俺石秀才不再恨你了。现在，你瞧罢，俺倒要真的来当着哥哥的面来调戏你了。石秀一回头，看见杨雄正对自己呆望着，不觉暗笑。

"今日三面都说明白了，任从哥哥如何处置罢。"石秀故意这样说。

杨雄沉默了一会儿，终于咬了咬牙齿，说道：

"兄弟，你与我拔了个贱人的头面，剥了衣裳，我亲自服侍她。"

石秀正盼候着这样的吩咐，便上前一步，先把潘巧云发髻上的簪儿钗儿卸了下来，再把里里外外的衣裳全给剥了下来。但并不是用着什么狂暴的手势，在石秀这是取着与那一夜在勾栏里临睡的时候给那个娟女解衣裳时一样的手势。石秀屡次故意地碰着了潘巧云底肌肤，看她底悲苦而泄露着怨毒的神情的眼色，又觉得异常地舒畅了。把潘巧云底衣服头面剥好，便交给杨雄去绑起来。一回头，看见了迎儿，不错，这个女人也有点意思，便跨前一步把迎儿底首饰衣服也都扯去了。看着那纤小的女体，石秀不禁又像杀却了头陀和尚之后那样的烦躁和疯狂起来，便一手将刀递给杨雄道：

"哥哥，这个小贱人留他做什么，一发斩草除根。"

杨雄听说，应道：

"果然，兄弟把刀来，我自动手。"

迎儿正待要喊，杨雄用着他底本行熟谙着的刽子手的手法，很灵快地只一刀，便把迎儿砍死了。正如石秀所预料着的一样，皓白的肌肤上，淌满了鲜红的血，手足兀自动弹着。石秀稍稍震慑了一下，随后就觉得反而异常的安逸，和平。所有的纷乱，烦恼，暴躁，似乎都随着迎儿脖子里的血流完了。

那在树上被绑着的潘巧云发着悲哀的娇声叫道：

"叔叔劝一劝。"

石秀定睛对她望着。唔，真不愧是个美人。但不知道从你肌肤底裂缝里，冒射出鲜血来，究竟奇丽到如何程度呢。你说我调戏你，其实还不止是调戏你，我简直是超于海和尚以上的爱恋着你呢。对于这样热爱着你的人，你难道还吝啬着性命，不显呈你底最最艳丽的色相给我看看么？

石秀对潘巧云多情地看着。杨雄一步向前，把尖刀只一旋，先拖出了一个舌头。鲜血从两片薄薄的嘴唇间直洒出来，接着杨雄一边骂，一边将那妇人又一刀从心窝里直割下去到小肚子。伸手进去取出了心肝五脏。石秀一一的看着，每剜一刀，只觉得一阵爽快。只是看到杨雄破着潘巧云底肚子，倒反而觉得有些厌恶起来。蠢人，到底是刽子手出身，会做出这种事来。随后看杨雄把潘巧云底四肢，和两个乳房都割了下来，看着这些泛着最后的桃红色的肢体，石秀重又觉得一阵满足的愉快了。真是个奇观啊，分析下来，每一个肢体都是极美丽的。如果这些肢体合并拢来，能够再成为一个活着的女人，我是会得不顾着杨雄而抱持着她的呢。

看过了这样的悲剧，或者，在石秀是可以说是喜剧的，石秀好像做了什么过分疲劳的事，四肢都非凡地酸痛了。一回头，看见杨雄正在将手中的刀丢在草丛中，对着这分残了的妻子底肢体呆立着。石秀好像曾经欺骗杨雄做了什么上当的事情似的，心里转觉得很歉仄了。好久好久，在这荒凉的山顶上，石秀茫然地和杨雄对立着。而同时，看见了那边古树上已经有许多饥饿了的乌鸦在啄食潘巧云底心脏，心中又不禁想道：

"这一定是很美味的呢。"

选自《将军底头》

新中国书局 1932 年 1 月初版

作家的话 ◈

在本集中，这四篇小说完全是依照了作成的先后而排列的。贤明的读者，一定会看得出虽然他们同样是以古事为题材的作品，但在描写的方法和目的上，这四篇却并不完全相同了。《鸠摩罗什》是写道和爱的冲突，《将军底头》却写种族和爱的冲突了。至于《石秀》一篇，我是只用力在描写一种性欲心理，而最后的《阿褴公主》，则目的只简单地在乎把一个美丽的故事复活在我们眼前。

《〈将军底头〉自序》

评论家的话 ◈

从施蛰存写《鸠摩罗什》开始，就出现一个能否以心理分析观点和方法去表现历史题材的问题。首先应明确，历史题材的小说，是小说，不是历史。施蛰存笔下的历史故事和人物，有的征引史实较多,如《鸠摩罗什》;有的仅借古书中片言只语敷衍成篇,如抗战前夕发表的《黄心大师》;有的材料来源本身就是古人的创作,如《石秀》。我们不能以史传文学或严格的历史小说标准去衡量它们,因为作者对题材选择、剪裁布局,以至想象虚构,正如施蛰存所说,"一切都仅仅是为了写小说,从来没有人在小说里寻求信史的"(《一个永久的歉疚》)。因此,根本不存在这些小说是否应该忠实于历史.是否将古人现代化的问题。既然如此,《将军底头》前三篇中主人公的灵肉冲突、无意识心理,等等,是否只有今人才有,古人绝无?应该肯定弗洛伊德学说除了谬误,也有它的科学性和合理性,例如他全力研究的无意识、性压抑,就是人类普遍存在的心理现象,古今中外,概莫能外。因此,作家当然可以汲取弗洛伊德学说中符合科学的观点和方法去分析、表现古人的心理。《石秀》的创作,在这方面是成功的。

《水浒》诚然是古典杰作,然而由于它的作者的封建禁欲思想和歧视妇女的观念,书中像石秀这样的英雄,大多被写成对"性"无动于衷,甚至没有性欲的人;淫荡的只是女人。那么,施蛰存笔下的石秀又怎样呢?首先,他把石秀当作一个真人、活人,细腻描写了这个年轻雄强的武士在义嫂潘巧云美色诱惑面前蠢蠢欲动的情欲心理,同时又揭示出石秀如何以礼教和义气压抑本能冲动的灵肉冲突过程。其次,不管《水浒》把石秀写成怎样一个守礼教讲义气的英雄豪杰,他对潘巧云的态度和举动,特别是最后撺掇杨雄将潘巧云开膛破肚的血腥场面,给读者的印象,决不是可亲可敬,而是可怕可憎。连金圣叹都已觉察出石秀只是为了表白自己,是一个越出人之常情的一等狠毒人。越出常情,就属变态,是一种以虐待乃至残杀异性以求欲望满足的淫虐狂。施蛰存正是将石秀诱杀潘巧云的深层动机归咎于此，从而给石秀的所行所为寻到了符合心理发展逻辑的解释。

饶嵎　吴立昌：《三十年代小说创新三家论》

何其芳

预　言

　　何其芳，1912 年生于四川万县（今重庆万州）。1929 年
考入上海中国公学预科，曾发表新诗。1931 年入北京大学
哲学系。散文集《画梦录》以精美雕饰的文采表述象征的
诗情，获 1936 年《大公报》文艺奖金。1935 年大学毕业
后，先后在天津南开中学和山东莱阳乡村师范学校任教，
在现实影响下创作的《还乡杂记》等，文字渐趋朴实。1938
年夏赴延安，在鲁迅艺术学院工作，翌年任鲁艺文学系主
任。到延安后，思想与创作发生显著变化，收入诗集《夜
歌》和散文集《星火集》中的作品，表露了他对新生活的
激情。1944 年后两度被派往重庆，从事文化界的统战工作，
并任《新华日报》副社长等。1948 年调中央马列学院。自
1953 年起，长期任中国社会科学院文学研究所所长，并任
中国作协书记处书记等职，主要致力于文学评论和文学研
究的组织工作。晚年仍译诗不辍。1977 年病逝于北京。

这一个心跳的日子终于来临！

呵，你夜的叹息似的渐近的足音，

我听得清不是林叶和夜风私语，

麋鹿驰过苔径的细碎的蹄声！

告诉我，用你银铃的歌声告诉我，

你是不是预言中的年轻的神？

你一定来自那温郁的南方！

告诉我那儿的月色，那儿的日光！

告诉我春风是怎样吹开百花，

燕子是怎样痴恋着绿杨！

我将合眼睡在你如梦的歌声里，

那温暖我似乎记得，又似乎遗忘。

请停下你疲劳的奔波，

进来，这里有虎皮的褥你坐！

让我烧起每一个秋天拾来的落叶，

听我低低地唱起我自己的歌！

那歌声将火光一样沉郁又高扬，

火光一样将我的一生诉说。

不要前行！前面是无边的森林：

古老的树现着野兽身上的斑纹，

半生半死的藤蟒一样交缠着，

密叶里漏不下一颗星星。

你将怯怯地不敢放下第二步，

当你听见了第一步空寥的回声。

一定要走吗？请等我和你同行！

我的脚步知道每一条熟悉的路径，

我可以不停地唱着忘倦的歌，

再给你，再给你手的温存！

当夜的浓黑遮断了我们，

你可以不转眼地望着我的眼睛！

我激动的歌声你竟不听，

你的脚竟不为我的颤抖暂停！

像静穆的微风飘过这黄昏里，

消失了，消失了你骄傲的足音！

呵，你终于如预言中所说的无语而来，

无语而去了吗，年轻的神？

选自《何其芳文集》第 1 卷

人民文学出版社 1982 年版

作家的话 ◈

　　我的第一个诗集即《预言》。那是 1931 年到 1937 年写的。那个集子其实应该另外取个名字，叫作《云》。因为那些诗差不多都是飘在空中的东西，也因为《云》是那里面的最后一篇。在那篇诗里面，我说我曾经自以为是波德莱尔散文诗中那个说着"我爱云，我爱那飘忽的云"的远方人，但后来由于看见了农村和都市的不平，看见了农民的没有土地，我却下了这样的决心：

　　从此我要叽叽喳喳发议论：

　　我情愿有一个茅草的屋顶，

　　不爱云，不爱月亮，

　　也不爱星星。

　　……我写我那些《云》的时候，我的见解是文艺什么也不为，只为了抒写自己，抒写自己的幻想、感觉、情感。后来由于现实的教训，我才知道人不应该也不可能那样盲目地，自私地活着，我就否定了那种为个人而艺术的错误见解。

《〈夜歌〉初版后记》

评论家的话 ◈

　　回想起来，其芳最初发表《预言》一类诗还显出他曾经喜爱神话、"仙话"的浪漫遗风……综观何其芳诗创作全程，我以为还是较后以自由体为主的《预言》集和《夜歌》集一部分是他诗艺上的前后两个高峰，解放后主张建立新格律诗，而自己实践结果，所取得的成就，却较前大为逊色……

卞之琳：《何其芳晚年译诗》

就说他的那首《预言》，从声音展开想象，通篇都是象征，交织着瓦雷里长诗《年青的命运女神》的典故，迷离恍惚，闪烁不定，一片朦胧。……并不和盘托出自己的内心世界，不是情意的说明，不是架空的理想的抒情，并不直接地给读者一种撞击力，不求率真炽烈如一团火那样表白感情，而是形象的创造，意象的呈现，间接的表现，运用暗示和隐喻展现心境，以客观象征主观，或只描绘一个面貌，而不道出确切的含义。

蓝棣之：《现代派诗选·前言》

胡 适
追悼志摩

　　胡适，原名胡洪骍，字适之，1891 年生，安徽绩溪人。中国公学肄业后，于 1910 年赴美留学，师从实用主义哲学家杜威。1917 年初在《新青年》上发表《文学改良刍议》，最早系统地提出文学改革主张；是五四新文化运动的主要成员之一。同年 7 月回国后就任北京大学教授。参加编辑《新青年》，发表中国现代文学史上的第一本新诗集《尝试集》。1922 年离开《新青年》，创办《努力周报》，宣扬"好人政府"主张；"九一八"事变后创办《独立评论》；1938 年任驻美大使。1942 年任国民党政府行政院最高政治顾问。1946 年任北京大学校长。1948 年去美国。1957 年回台湾担任国民党政府"中研院"院长。1962 年于台湾去世。著有《中国哲学史大纲》（上卷）、《白话文学史》（上卷）、《胡适文存》等。

悄悄的我走了，

正如我悄悄的来；

我挥一挥衣袖，

不带走一片云彩。

（《再别康桥》）

志摩这一回真走了！可不是悄悄的走。在那淋漓的大雨里，在那迷蒙的大雾里，一个猛烈的大震动，三百匹马力的飞机碰在一座终古不动的山上，我们的朋友额上受了一个致命的撞伤，大概立刻失去了知觉，半空中起了一团大火，像天上陨了一颗大星似的直掉下地去。我们的志摩和他的两个同伴就死在那烈焰里了！

我们初得着他的死信，却不肯相信，都不信志摩这样一个可爱的人会死的这么惨酷。但在那几天的精神大震撼稍稍过去之后，我们忍不住要想，那样的死法也许只有志摩最配。我们不相信志摩会"悄悄的走了"，也不忍想志摩会是一个"平凡的死"，死在天空之中，大雨淋着，大雾笼罩着，大火焚烧着，那撞不倒的山头在旁边冷眼瞧着，我们新时代的新诗人，就是要自己挑一种死法，也挑不出更合式，更悲壮的了。

志摩走了，我们这个世界里被他带走了不少的云彩。他在我们这些朋友之中，真是一片最可爱的云彩，永远是温暖的颜色，永远是美的花样，永远是可爱。他常说：

我不知道风

是在那一个方向吹——

我们也不知道风是在那一个方向吹，可是狂风过去之后，我们的天空变惨淡了，变寂寞了，我们才感觉我们的天上的一片最可爱的云彩被狂风卷去了，永远不回来了！

这十几天里，常有朋友到家里来谈志摩，谈起来常常有人痛哭。在别处痛哭他的，一定还不少。志摩所以能使朋友这样哀念他，只是因为他的为人整个的只是一团同情心，只是一团爱。叶公超先生说：

他对于任何人，任何事，从未有过绝对的怨恨，甚至于无意中都没有表示过一些憎嫉的神气。

陈通伯先生说：

尤其朋友里缺不了他。他是我们的连索，他是粘着性的，发酵性的。在这七八年中，国内文艺界里起了不少的风波，吵了不少的架，许多很熟的朋友往往弄的不能见面。但我没有听见有人怨恨过志摩。谁也不能抵抗志摩的同情心，谁也不能避开他的粘着性。他才是和事的无穷的同情，使我们老，他总是朋友中间的"连索"。他从没有疑心，他从不会妒忌。使这些多疑善妒的人们十分惭愧，又十分羡慕。

他的一生真是爱的象征。爱是他的宗教，他的上帝。

> 我攀登了万仞的高冈，
>
> 荆棘扎烂了我的衣裳，
>
> 我向缥缈的云天外望——
>
> 　　上帝，我望不见你！
>
> ……　……
>
> 我在道旁见一个小孩：
>
> 活泼，秀丽，褴褛的衣衫；
>
> 他叫声"妈"，眼里亮着爱——
>
> 　　上帝，他眼里有你！

（《他眼里有你》）

　　志摩今年在他的《〈猛虎集〉自序》里，曾说他的心境是"一个曾经有单纯信仰而流入怀疑的颓废"。这句话是他最好的自述。他的人生观真是一种"单纯信仰"，这里面只有三个大字：一个是爱，一个是自由，一个是美。他梦想这三个理想的条件能够会合在一个人生里，这是他的"单纯信仰"。他的一生的历史，只是他追求这个单纯信仰的实现的历史。

　　社会上对于他的行为，往往有不谅解的地方，都只因为社会上批评他的人不曾懂得志摩的"单纯信仰"的人生观。他的离婚和他的第二次结婚，是他一生最受社会严厉批评的两件事。现在志摩的棺已盖了，而社会上的议论还未定。但我们知道这两件事的人，都能明白，至少在志摩的方面，这两件事最可以代表志摩的单纯理想的追求。他万分诚恳的相信那两件事都是他实现那"美与爱与自由"的人生的正当步骤。这两件事的结果，在别人看来，似乎都不曾能够实现志摩的理想生活。但到了今日，我们还忍用成败来议论他吗？

我忍不住我的历史癖，今天我要引用一点神圣的历史材料，来说明志摩决心离婚时的心理。民国十一年三月，他正式向他的夫人提议离婚，他告诉她，他们不应该继续他们的没有爱情没有自由的结婚生活了，他提议"自由之偿还自由"，他认为这是"彼此重见生命之曙光，不世之荣业"。他说：

> 故转夜为日，转地狱为天堂，直指顾间事矣。……真生命必自奋斗自求得来，真幸福亦必自奋斗自求得来，真恋爱亦必自奋斗自求得来！彼此前途无限，……彼此有改良社会之心，彼此有造福人类之心，其先自做榜样，勇决智断，彼此尊重人格，自由离婚，止绝苦痛，始兆幸福，皆在此矣。

这信里完全是青年的志摩的单纯的理想主义，他觉得那没有爱又没有自由的家庭是可以摧毁他们的人格的，所以他下了决心，要把自由偿还自由，要从自由求得他们的真生命，真幸福，真恋爱。

后来他回国了，婚是离了，而家庭和社会都不能谅解他。最奇怪的是他和他已离婚的夫人通信更勤，感情更好。社会上的人更不明白了。志摩是梁任公先生最爱护的学生，所以民国十二年任公先生曾写一封很恳切的信去劝他。在这信里，任公提出两点：

其一，万不容以他人之苦痛，易自己之快乐。弟之此举，其于弟将来之快乐能得与否，殆茫如捕风，然先已予多数人以无量之苦痛。

其二，恋爱神圣为今之少年所乐道。……兹事盖可遇而不可求。……况多情多感之人，其幻想起落鹘突，而得满足得宁帖也极难。所梦想之神圣境界恐终不可得，徒以烦恼终其身已耳。

任公又说：

呜呼志摩！天下岂有圆满之宇宙？……当知吾侪以不求圆满为生活态度，斯可以领略生活之妙味矣。……若沉迷于不可必得之梦境，挫折数次，生意尽矣，郁悒佗傺以死，死为无名，死犹可也，最可畏者，不死不生而堕落至不复能自拔。呜呼志摩，可无惧耶！可无惧耶！

（十二年一月二日信）

任公一眼看透了志摩的行为是追求一种"梦想的神圣境界"，他料到他必要失望，又怕他少年人受不起几次挫折，就会死，就会堕落。所以他以老师的资格警告他："天下岂有圆满之宇宙？"

但这种反理想主义是志摩所不能承认的。他答复任公的信，第一不承认他是把他人的苦痛来换自己的快乐。他说：

我之甘冒世之不韪，竭全力以斗者，非特求免凶惨之苦痛，实求良心之安顿，求人格之确立，求灵魂之救度耳。

　　人谁不求庸德？人谁不安现成？人谁不畏艰险？然且有突围而出者，夫岂得已而然哉？

第二，他也承认恋爱是可遇而不可求的，但他不能不去追求。他说：

　　我将于茫茫人海中访我唯一灵魂之伴侣；得之，我幸；不得，我命，如此而已。

他又相信他的理想是可以创造培养出来的。他对任公说：

　　嗟夫吾师！我尝奋我灵魂之精髓，以凝成一理想之明珠，涵之以热满之心血，朗照我深奥之灵府。而庸俗忌之嫉之，辄欲麻木其灵魂，捣碎其理想，杀灭其希望，污毁其纯洁！我之不流入堕落，流入庸懦，流入卑污，其几亦微矣！

　　我今天发表这三封不曾发表过的信，因为这几封信最能表现那个单纯的理想主义者徐志摩。他深信理想的人生必须有爱，必须有自由，必须有美；他深信这种三位一体的人生是可以追求的，至少是可以用纯洁的心血培养出来的。——我们若从这个观点来观察志摩的一生，他这十年中的一切行为就全可以了解了。我还可以说，只有从这个观点上才可以了解志摩的行为；我们必须先认清了他的单纯信仰的人生观，方才认得清志摩的为人。

　　志摩最近几年的生活，他承认是失败。他有一首《生活》的诗，诗是暗惨的可怕：

> 阴沉，黑暗，毒蛇似的蜿蜒，
>
> 生活逼成了一条甬道：
>
> 一度陷入，你只可向前，
>
> 手扪索着冷壁的粘潮，
>
> 在妖魔的脏腑内挣扎，
>
> 头顶不见一线的天光，
>
> 这魂魄，在恐怖的压迫下，
>
> 除了消灭更有什么愿望？

（十九年五月二十九日）

　　他的失败是一个单纯的理想主义者的失败。他的追求，使我们惭愧，因为我们的信心太小了，从不敢梦想他的梦想。他的失败，也应该使我们对他表示更深厚的恭敬与同情，因为偌大的世界之中，只有他有这信心，冒了绝大的危险，费了无数的麻烦，牺牲了一切平凡的安逸，牺牲了家庭的亲谊和人间的名誉，去追求，去试验一个"梦想之神圣境界"，而终于免不了惨酷的失败，也不完全是他的人生观的失败。他的失败是因为他的信仰太单纯了，而这个现实世界太复杂了，他的单纯的信仰禁不起这个现实世界的摧毁；正如易卜生的诗剧 Brand 里的那个理想主义者，抱着他的理想，在人间处处碰钉子，碰的焦头烂额，失败而死。

　　然而我们的志摩"在这恐怖的压迫下"，从不叫一声"我投降了"！他从不曾完全绝望，他从不曾绝对怨恨谁。他对我们说：

你们不能更多的责备。我觉得我已是满头的血水，能不低头已算是好的。（《〈猛虎集〉自序》）

是的，他不曾低头。他仍旧昂起头来做人；他仍旧是他那一团的同情心，一团的爱。我们看他替朋友做事，替团体做事，他总是仍旧那样热心，仍旧那样高兴。几年的挫折，失败，苦痛，似乎使他更成熟了，更可爱了。

他在苦痛之中，仍旧继续他的歌唱。他的诗作风也更成熟了。他所谓"初期的汹涌性"固然是没有了，作品也减少了；但是他的意境变深厚了，笔致变淡远了，技术和风格都更进步了。这是读《猛虎集》的人都能感觉到的。

志摩自己希望今年是他的"一个真正的复活的机会"。他说：

抬起头居然又见到天了。眼睛睁开了，心也跟着开始了跳动。

我们一班朋友都替他高兴。他这几年来想用心血浇灌的花树也许是枯萎的了；但他的同情，他的鼓舞，早又在别的园地里种出了无数的可爱的小树，开出了无数可爱的鲜花。他自己的歌唱有一个时期是几乎消沉了；但他的歌声引起了他的园地外无数的歌喉，嘹亮的唱，哀怨的唱，美丽的唱。这都是他的安慰，都使他高兴。

谁也想不到在这个最有希望的复活时代，他竟丢了我们走了！他的《猛虎集》里有一首咏一只黄鹂的诗，现在重读了，好像他在那里描写他自己的死，和我们对他的死的悲哀：

等候他唱，我们静着望，

怕惊了他。但他一展翅，

冲破浓密，化一朵彩云：

他飞了，不见了，没了——

像是春光，火焰，像是热情。

志摩这样一个可爱的人，真是一片春光，一团火焰，一腔热情。现在难道都完了？

决不！决不！志摩最爱他自己的一首小诗，题目叫作"偶然"，在他的《卞昆冈》剧本里，在那个可爱的孩子阿明临死时，那个瞎子弹着三弦，唱着这首诗：

我是天空里的一片云，

偶尔投影在你的波心——

你不必讶异，

更无须欢喜——

在转瞬间消灭了踪影。

你我相逢在黑暗的海上，

你有你的，我有我的，方向。

你记得也好，

最好你忘掉，

在这交会时互放的光亮！

朋友们，志摩是走了，但他投的影子会永远留在我们心里，他放的光亮也会永远留在人间，他不曾白来了一世。我们有了他做朋友，也可以安慰自己说不曾白来了一世。我们忘不了，和我们

在那交会时互放的光亮！

二十年，十二月，三夜。

选自《胡适选集》

台北文星书店 1966 年 6 月

作家的话 ◈

我在这十几年中，因为深深的感觉中国最缺乏传记的文学，所以到处劝我的老辈朋友写他们的自传。不幸得很，这班老辈朋友虽然都答应了，终不肯下笔。

《四十自述·自序》

评论家的话 ◈

一篇半抒情、半叙事的名作，那就是《追悼志摩》。纪念徐志摩的文章太多了，……都不及胡适这篇文章写得好。这篇散文不到四千字，但结构严密，表达了多方面的内容，采用了多方面的技巧，大概是胡适生平花功夫最多的一篇短文。第一，依照不同的内容，选录徐志摩相应的诗句，……不但使全篇充满诗意，润泽与和谐，并且使徐志摩的文学生命复活纸上。第二，文章对徐志摩的生活有深刻、条理的说明，一方面解明了他最不为人谅解的离婚事件，道出他是有"单纯信仰"——爱、自由、美——的人，而且是虔诚笃

求实现的人。一方面也透露他二次结婚的失败，以及在阴沉、黑暗中的挣扎，当他才挣脱黑暗奔向第二春天时，便飘然逝世了。文章说："谁也想不到在这个最有希望的复活时代，他竟丢了我们走了！"道出了后死者的沉痛。

司马长风：《中国新文学史》

陈梦家

鸡鸣寺的野路

　　陈梦家，1911 年生于浙江上虞。1927 年考入南京国立第四中山大学（后改为国立中央大学），开始写诗。同时在《新月》月刊发表诗作，为新月派诗人。1931 年与徐志摩、方玮德编辑出版《诗刊》。擅长写作抒情诗。1934 年入燕京大学攻读古文字学，此后专事古文字学和考古学研究，并曾在燕京大学、西南联合大学、美国芝加哥大学任教。中华人民共和国成立后，历任中国科学院考古研究所研究员、《考古学报》编委和《考古通讯》副主编等职。1966 年去世。主要诗集有：《梦家诗集》《陈梦家作诗在前线》《铁马集》《梦家存诗》等，并编有《新月诗选》。

这是一条往天上的路，

夹道两行撑天的古树；

　烟样的乌鸦在高天飞，

　钟声幽幽向着北风追；

我要去，到那白云层里，

那儿是苍空，不是平地。

大海，我望见你的边岸，

山，我登在你峰头呼喊；

　劫风吹没千载的城郭，

　何处再有凤毛与麟角？

我要去，到那白云层里，

那儿是苍空，不是平地。

二十一年一月十七日大悲楼阁

选自《铁马集》

开明书店 1934 年版

作家的话 ◈

我的思想不是一缸炉红，

它来得快，又来得显明；

像闪电不凭借什么风，

在不提防的时候降临。

有时候幽暗不曾参破，

你看见乌云遮没青天；

我的思想像一面黑锅，

它经过多少火焰的熬炼。

夏夜的闪电不告诉你，

明天是暴热还是大雨；

留心我的阴险，

在思想里

不让你猜透我的计虑。

《〈铁马集〉序诗》

评论家的话 ◈

　　梦家的先人以及他的外家都是有名的景教牧师，这是对于他极其有影响的。他自己并不皈依基督教，然而在他的诗里，处处可以透出这方面潜伏的气息，因这气息便觉得他的诗有说不出的完美，有无上内涵的聪慧。一方面给我们看出作者的人格是如何真朴，一方面便从这诗里，我们得到无穷的安慰，无穷的愉快，在这样的成就上，梦家是为他同时代的人所不可及了。

方玮德：《〈铁马集〉旧跋》

臧克家
老 马

臧克家，1905 年生于山东诸城。早年参加过革命军北伐。1929 年至 1934 年在青岛大学（后改名山东大学）读书期间，创作新诗，1933 年出版第一本诗集《烙印》，以严谨的创作态度和木刻般的语言画面，雕塑出苦难中国社会中的底层人民的形象，曾受到闻一多的赞扬。另有《罪恶的黑手》《运河》等诗集。抗战后诗风渐转向粗犷。20 世纪 50 年代后长期担任《诗刊》主编。晚年有诗论和回忆录问世。2004 年 2 月 5 日去世。

总得叫大车装个够，

他横竖不说一句话，

背上的压力往肉里扣，

他把头沉重地垂下！

这刻不知道下刻的命，

他有泪只往心里咽，

眼里飘来一道鞭影，

他抬起头望望前面。

1932 年 4 月

选自《烙印》

开明书店 1934 年版

作家的话 ◈

这八行诗，从表面上看，写的是一匹负重受压、苦痛无比、在鞭子的抽打之下，不得不向前挣扎的老马。但几乎所有的读者和选本的注释家，都说我写的是受苦受难的旧社会的农民。其实我写这首诗，并没有存心用它去象征农民的命运。我亲眼看到了这样一匹命运悲惨令我深抱同情的老马，不写出来．心里有一种压力。1927年大革命失败后，我对蒋介石政权，全盘否定，而对于革命的前途，觉得十分渺茫。生活是苦痛的，心情是沉郁而悲愤的。这时的思想、情感与受压迫、受痛苦的农民有一脉相通之处，对于"背上的压力往肉里扣"的老马亦然。因此，我写了老马，另外也写了许多受压迫的农民形象，实际上也就写了我自己。

《〈新诗鉴赏辞典·老马〉赏析》

评论家的话 ◈

没有克家自身的"嚼着苦汁营生"的经验，和他对于这种经验的了解，单是嚷嚷着替别人的痛苦不平，或怂恿别人自己去不平，那至少往往像是一种"热气"，一种浪漫的姿势，一种英雄气概的表演，若更往坏处推测，便不免有伤厚道了。所以，克家的最有意义的诗，虽是……《老马》……等篇，但是若没有《烙印》和《生活》一类的作品作基础，前面那些诗的意义便单薄了，甚至虚伪了。

闻一多：《〈烙印〉序》

郁达夫
迟 桂 花

郁达夫，原名郁文，字达夫，1896 年生于浙江富阳。1913 年赴日本留学，这期间广泛涉猎西方文学，并开始小说创作。1921 年参加发起成立创造社，同年出版第一部小说集《沉沦》，因大胆暴露现代青年的性的苦闷，展示灵与肉的冲突而风行一时，以后的创作大都延续了自己的独特风格。1933 年夏移居杭州，其文风渐趋平静、雅洁，《迟桂花》为其后期代表作。除小说创作外，散文和旧体诗创作俱佳。抗战期间赴南洋宣传抗日，太平洋战争爆发后，流亡印尼苏门答腊等地，改名赵廉隐居，以开酒厂为业，不久身份暴露，一度被迫为当地日本宪兵队做翻译，暗中做过不少有利于抗日的事情。1945 年 8 月 29 日被日本宪兵队秘密杀害。现有《郁达夫文集》12 卷。

××兄：

突然间接着我这一封信，你或者会惊异起来，或者你简直会想不出这发信的翁某是什么人。但仔细一想，你也不在做官，而你的境遇，也未见得比我的好几多倍，所以将我忘了的这一回事，或者是还不至于的。因为这除非是要贵人或境遇很好的人，才做得出来的事情。前两礼拜为了采办结婚的衣服家具之类，才下山去。有好久不上城里去了，偶尔去城里一看，真是像丁令威的化鹤归来，触眼新奇，宛如隔世重生的人。在一家书铺门口走过，一抬头就看见了几册关于你的传记评论之类的书，再踏进去一问，才知道你的著作竟积成了八九册之多了。将所有的你的和关于你的书全买将回来一读，仿佛是又接见了十余年不见的你那副音容笑语的样子。我忍不住了，一遍两遍的尽在翻读，愈读愈想和你通一次信，见一次面。但因这许多年数的不看报，不识世务，不亲笔砚的缘故，终于下了好几次决心，而仍不敢把这心愿来实现。现在好了，关于我的一切结婚的事情的准备，也已经料理到了十之七八，而我那年老的娘，又在打算着于明天一侵早就进城去，早就上床去躺下了。我那可怜的寡妹，也因为白天操劳过了度，这时候似乎也已经坠入了梦乡，所以我可以静静儿的来练这久未写作的笔，实现我这已经怀念了有半个多月的心愿了。

提笔写将下来，到了这里，我真不知将如何的从头写起。和你相别以后，不通闻问的年数，隔得这么的多，读了你的著作以后，心里头触起的感觉情绪，又这么的复杂；现在当这一刻的中间，汹涌盘旋在我脑里想和你谈谈的话，的确，不仅像一部二十四史那么的繁而且乱，简直是同将要爆发的火山内层那么的热而且烈，急遽寻不出一个头来。

我们自从房州海岸别来，到现在总也约莫有十多年光景了罢！我还记得那一天晴冬的早晨，你一个人立在寒风里送我上车回东京去的情形。你那篇《南迁》的主人公，写的是不是我？我自从那一年后，竟为这胸腔的恶病所压倒，与你再见一次面和通一封信的机会也没有了，就此回国了。学校当然是中途退了学，连生存的希望都没有了的时候，哪里还顾得到将来的立身处世？哪里还顾得到身外的学艺修能？到这时候为止的我的少年豪气，我的绝大雄心，是你所晓得的。同级同乡的同学，只有你和我往来得最亲密。在同一公寓里同住得最长久的，也只是你一个人；时常劝我少用些功，多保养身体，预备将来为国家为人类致大用的，也就是你。每于风和日朗的晴天，拉我上多摩川上井之头公园及武藏野等近郊去散走闲游的，除你以外，更没有别的人了。那几年高等学校时代的愉快的生活，我现在只教一闭上眼，还历历透视得出来。看了你的许多初期的作品，这记忆更加新鲜了。我的所以愈读你的作品，愈想和你通一次信者，原因也就在这些过去的往事的追怀。这些都是你和我两人所共有的过去，我写也没有写得你那么好，就是不写你总也还记得的，所以我不想再说。我打算详详细细向你来作一个报告的，就是从那年冬天回故乡以后的十几年光景的山居养病的生活情形。

那一年冬天咯了血，和你一道上房州去避寒，在不意之中，又遇见了那个肺病少女——是真砂子罢？连她的名字我都忘了——无端惹起了那一场害人害己的恋爱事件。你送我回东京之后，住了一个多礼拜，我就回国来了。我们的老家在离城市有二十来里地的翁家山上，你是晓得的。回家住下，我自己对我的病，倒也没什么惊奇骇异的地方，可是我痰里的血丝，脸上的苍白，和身体的瘦削，却把我那已经守了好几年寡的老母急坏了，因为我那短命的父亲，也是患这同样的病而死去的。于是她就四处的去求神拜佛，采药求医，急得连粗茶淡饭都无心食用，头上的白发，也似乎一天一天的加多起来了。我哩！恋爱已经失败了，学业也已中辍了，对于此生，原已没有多大的野心，所以就落得去由她摆布，积极地虽尽不得孝，便消极地尽了我的顺。初回家的一年中间，我简直门外也不出一步，各色各样的奇形的草药，和各色各样的异味的单方，差不多都尝了一个遍。但是怪得很，连我自己都满以为没有希望的这致命的病症，一到了回国后所经过的第二个春天，竟似乎有神助似的忽然减轻了，夜热也不再发，盗汗也居然止住，痰里的血丝早就没有了。我的娘的喜欢，当然是不必说，就是在家里替我煮药缝衣，代我操作一切的我那位妹妹，也同春天的天气一样，时时展开了她的愁眉，露出了她那副特有的真真是讨人欢喜的笑容。到了初夏，我药也已经不服，有兴致的时候，居然也能够和她们一道上山前山后去采采茶，摘摘菜，帮她们去服一点小小的劳役了。是在这一年的——回家后第三年的——秋天，在我们家里，同时候发生了两件似喜而又可悲，说悲却也可喜的悲喜剧。第一，就是我那妹妹的出嫁，第二，就是我定在城里的那家婚约的解除。妹妹那年十九岁了，男家是只隔一座山岭的一家乡下的富家。他们来说亲的时候，原是因为我们祖上是世代读书的，总算是来和诗礼人家攀婚的意思。定亲已经定过了四五年了，起初我娘却嫌妹妹年纪太小，不肯马上准他们来迎娶，后来就因为我的病，一搁就又搁起了两三年。到了这一回，我的病总算已经恢复，而妹妹却早到了该结婚的年龄了。男家来一说，我娘也就应允了他们，也算完了她自己的一件心事。至于我的这家亲事呢，却是我父亲在死的前一年为我定下的，女家是城里的一家相当有名的旧家。那时候我的年纪虽还很小，而我们家里的不动产却着实还有一点可观。并且我又是一个长子，将来家里要培植我读书处世是无疑的，所以那一家旧家居然也应允了我的婚事。以现在的眼光看来，这门亲事，当然是我们去竭力高攀的，因为杭州人家的习俗，是吃粥的人家的女儿，非要去嫁吃饭的人家不可的。还有乡下姑娘，嫁往城里，倒是常事，城里的千金小姐，却不大会下嫁到乡下来的，所以当时的这个婚约，起初在根本上就有点儿不对。后来经我父亲的一死，我们家里，丧葬费用，就用去了不少。嗣后年复一年，母子三人，只吃着家里的死饭。亲族戚属，少不得又要对我们孤儿寡妇，时时加以一点剥削。母亲又忠厚无用，在出卖田地山场的时候，也不晓得市价的高低，大抵是任凭族人在从中钩搭。就因为种种关系的结果，到我考取了官费，上日本去留学的那一年，我们这一家世代读书的翁家山上的旧家，已经只剩得一点仅能维持衣食的住屋山场和几块荒田了。当我初次出国的时候，承蒙他们不弃，我那未来的亲家，还送了我些赆仪路费。后来于寒假暑假回国的期间，也曾央原媒来催过完姻。可是接着就是我那致命的病症的发生，与我的学业的中辍，于是两三年中，他们和我们的中间，便自然而然的断绝了交往。到了这一年的晚秋，当我那妹妹嫁后不久的时候，女家忽而又央了原媒来对母亲说："你们的大少爷，有病在身，婚娶的事情，当然是不大相宜的，而他家的小姐，也已经下了绝大的决心，立志终身不嫁了，所以这一个婚约，还是解除了的好。"说着就打开包裹，将我们传红时候交去的金玉如意，红绿帖子等，拿了出来，退还了母亲。我那忠厚老实的娘，人虽则无用，但面子却是死要的，一听了媒人的这一番说话，目瞪口僵，立时就滚下了几颗眼泪来。幸亏我在旁边，做好做歹的对娘劝慰了好久，她才含着眼泪，将女家的回礼及八字全帖等检出，交还了原媒。媒人去后，她又上后山我父亲的坟边去大哭了一场，直到傍晚，我和同族邻人等一道去拉她回来，她在路上，还流着满脸的眼泪鼻涕，在很伤心地呜咽。这一出赖婚的怪剧，在我只有高兴，本来是并没有什么大不了的，可是由头脑很旧的她看来，却似乎是翁家世代的颜面家声都被他们剥尽了。自此以后，一直下来，将近十年，我和她母子二人。就日日的寡言少笑，相对茕茕，直到前年的冬天，我那妹夫死去。寡妹回来为止，两人所过的，都是些在炼狱里似的沉闷的日子。

说起我那寡妹，她真也是前世不修。人虽则很长大，身体虽则很强壮，但她的天性，却永远是一个天真活泼的小孩子。嫁过去那一年，来回郎的时候，她还是笑嘻嘻地如同上城里去了一趟回来了的样子，但双满月之后，到年下边回来的时候，从来不晓得悲泣的她，竟对我母亲掉起眼泪来了。她们夫家的公公虽则还好，但婆婆的繁言吝啬，小姑的刻薄尖酸和男人的放荡凶暴，使她一天到晚过不到一刻安闲自在的生活。工作操劳本系是她在家里的时候所惯习的，倒并不以为苦，所最难受的，却是多用一根火柴，也要受婆婆责备的那一种俭约到不可思议的生活状态。还有两位小姑，左一句尖话，右一句毒语，仿佛从前我娘的不准他们早来迎娶，致使她们的哥哥染上了游荡的恶习，在外面养起了女人，这一件事情，完全是我妹妹的罪恶。结婚之后，新郎的恶习，仍旧改不过来，反而是在城里他那旧情人家里过的日子多，在新房里过的日子少。这一笔账，当然又要写在我妹妹的身上。婆婆说她不会侍奉男人，小姑们说她不会劝，不会骗。有时候公公看得难受，替她申辩一声，婆婆就尖着喉咙，要骂上公公的脸去："你这老东西！脸要不要，脸要不要，你这扒灰老！"因我那妹夫，过的是这一种不自然的生活，所以前年夏天，就染了急病死掉了，于是我那妹妹又多了一个克夫的罪名。妹妹年轻守寡，公公少不得总要对她客气一点，婆婆在这里就算抓住了扒灰的证据，三日一场吵，五日一场闹，还是小事，有几次在半夜里，两老夫妇还会大哭大骂的喧闹起来。我妹妹于有一回被骂被逼得特别厉害的争吵之后，就很坚决地搬回到了家里来住了。自从她回来之后，我娘非但得到了一个很大的帮手，就是我们家里的沉闷的空气，也缓和了许多。

　　这就是和你别后，十几年来，我在家里所过的生活的大概。平时非但不上城里去走走，当风雪盈途的冬季，我和我娘简直有好几个月不出门外的时候。我妹妹回来之后，生活又约略变过了。多年不做的焙茶事业，去年也竟出产了一二百斤。我的身体，经了十几年的静养，似乎也有一点把握了。从今年起，我并且在山上的晏公祠里参加入了一个训蒙的小学，居然也做了一位小学教师。但人生是动不得的，稍稍一动，就如滚石下山，变化便要接连不断的簇生出来。我因为在教教书，而家里头又勉强地干起了一点事业，今年夏季居然又有人来同我议婚了。新娘是近邻乡村里的一位老处女，今年二十七岁，家里虽称不得富有，可也是小康之家。这位新娘，因为从小就读了些书，曾在城里进过学堂，相貌也还过得去——好几年前，我曾经在一处市场上看见她过一眼的——故而高不凑，低不就，等闲便度过了她的锦样的青春。我在教书的学校里的那位名誉校长——也是我们的同族——本来和她是旧亲，所以这位校长就在中间做了个传红线的冰人。我独居已经惯了，并且身体也不见得分外强健，若一结婚，难保得旧病的不会复发，故而对这门亲事，当初是断然拒绝了的。可是我那年老的母亲，却仍是雄心未死，还在想我结一头亲，生下几个玉树芝兰来，好重振重振我们的这已经坠落了很久的家声，于是这亲事就又同当年生病的时候服草药一样，勉强地被压上我的身上来了。我哩，本来也已经入了中年了，百事原都看得很穿，又加以这十几年的疏散和无为，觉得在这世上任你什么也没甚大不了的事情，落得随随便便的过去，横竖是来日也无多了。只教我母亲喜欢的话，那就是我稍稍牺牲一点意见也使得。于是这婚议，就在很短的时间里成熟得妥妥帖帖，现在连迎娶的日期也已经拣好了，是旧历九月十二。

是因为这一次的结婚，我才进城里去买东西，才发现了多年不见的你这老友的存在，所以结婚之日，我想请你来我这里吃喜酒，大家来谈谈过去的事情。你的生活，从你的日记和著作中看来，本来也是同云游的僧道一样的。让出一点工夫来，上这一区僻静的乡间来住几日，或者也是你所喜欢的事情。你来，你一定来，我们又可以回顾一回顾一去而不复返的少年时代。

我娘的房间里，有起响动来了，大约天总就快亮了罢。这一封信，整整地费了我一夜的时间和心血，通宵不睡，是我回国以后十

110

几年来不曾有过的经验，你单只看取了我的这一点热忱，我想你也不好意思不来。

　　啊，鸡在叫了，我不想再写下去，还是让我们见面之后再来谈罢！

一九三二年九月　翁则生上

　　刚在北平住了个把月，重回到上海的翌日，和我进出的一家书铺里，就送了这一封挂号加邮托转交的厚信来。我接到了这信，捏在手里，起初还以为是一位我认识的作家，寄了稿子来托我代售的。但翻转信背一看，却是杭州翁家山的翁某某所发，我立时就想起了那位好学不倦，面容妩媚，多年不相闻问的旧同学老翁。他的名字叫翁矩，则生是他的小名。人生得矮小娟秀，皮色也很白净，因而看起来总觉得比他的实际年龄要小五六岁。在我们的一班里，算他的年纪最小，操体操的时候，总是他立在最后的，但实际上他也只不过比我小了两岁。那一年寒假之后，和他同去房州避寒，他的左肺尖，已经被结核菌损蚀得很厉害了。住不上几天，一位也住在那近边养肺病的日本少女，很热烈地和他要好了起来，结果是那位肺病少女的因兴奋而病剧，他也就同失了舵的野船似的迂回到了中国。以后一直十多年，我虽则在大学里毕了业，但关于他的消息，却一向还不曾听见有人说起过。拆开了这封长信，上书室去坐下，从头至尾细细读完之后，我呆视着远处，茫茫然如失了神的样子，脑子里也触起了许多感慨与回思。我远远的看出了他的那种柔和的笑容，听见了他的沉静而又清澈的声气。直到天将暗下去的时候，我一动也不动，还坐在那里呆想，而楼下的家人却来催吃晚饭了。在吃晚饭的中间，我就和家里的人谈起了这位老同学，将那封长信的内容约略说了一遍。家里的人，就劝我落得上杭州去旅行一趟，像这样的秋高气爽的时节，白白地消磨在煤烟灰土很深的上海，实在有点可惜，有此机会，落得去吃吃他的喜酒。

第二天仍旧是一天晴和爽朗的好天气，午后二点钟的时候，我已经到了杭州城站，在雇车上翁家山去了。但这一天，似乎是上海各洋行与机关的放假的日子，从上海来杭州旅行的人，特别的多。车站前面停在那里候客的黄包车，都被火车上下来的旅客雇走了，不得已，我就只好上一家附近的酒店去吃午饭。在吃酒的当中，问了问堂倌去翁家山的路径，他便很详细地指示我说：

"你只教坐黄包车到旗下的陈列所，搭公共汽车到四眼井下来走上去好了。你又没有行李，天气又这么的好，坐黄包车直去是不上算的。"

得到了这一个指教，我就从容起来了，慢慢的喝完了半斤酒，吃了两大碗饭，从酒店出来，便坐车到了旗下。恰好是三点前后的光景，湖六段的汽车刚载满了客人，要开出去。我到了四眼井下车，从山下稻田中间的一条石板路走进满觉陇去的时候，太阳已经平西到了三五十度斜角度的样子，是牛羊下来，行人归舍的时刻了。在满觉陇的狭路中间，果然遇见了许多中学校的远足归来的男女学生的队伍。上水乐洞口去坐下喝了一碗清茶，又拉住了一位农夫，问了声翁则生的名字，他就晓得得很详细似的告诉我说：

"是山上第二排的朝南的一家，他们那间楼房顶高，你一上去就可以看得见。则生要讨新娘子了，这几天他们正在忙着收拾。这时候则生怕还在晏公祠的学堂里哩。"

谢过了他的好意，付过了茶钱，我就顺着上烟霞洞去的石级，一步一步的走上了山去。渐走渐高，人声人影是没有了，在将暮的晴天之下，我只看见了许多树影。在半山亭里立住歇了一歇，回头向东南一望，看得见的，只是些青葱的山和如云的树，在这些绿树丛中又是些这儿几点，那儿一簇的屋瓦与白墙。

"啊啊，怪不得他的病会得好起来了，原来翁家山是在这样的一个好地方。"

烟霞洞我儿时也曾来过的，但当这样晴爽的秋天，于这一个西下夕阳东上月的时刻，独立在山中的空亭里，来仔细赏玩景色的机会，却还不曾有过。我看见了东天的已经满过半弓的月亮，心里正在羡慕翁则生他们老家的处地的幽深，而从背后又吹来了一阵微风，里面竟含满着一种说不出的撩人的桂花香气。

"啊……"

我又惊异了起来：

"原来这儿到这时候还有桂花？我在以桂花著名的满觉陇里，倒不曾看到，反而在这一块冷僻的山里面来闻吸浓香，这可真也是奇事了。"

这样的一个人独自在心中惊异着，闻吸着，赏玩着，我不知在那空亭里立了多少时候。突然从脚下树丛深处，却幽幽的有晚钟声传过来了，东嗡，东嗡地这钟声实在真来得缓慢而凄清。我听得耐不住了，拔起脚跟，一口气就走上了山顶，走到了那个山下农夫曾经教过我的烟霞洞西面翁则生家的近旁。约莫离他家还有半箭路远时候，我一面喘着气，一面就放大了喉咙向门里面叫了起来：

"喂，老翁！老翁！则生！翁则生！"

听见了我的呼声，从两扇关在那里的腰门里开出来答应的却不是被我所唤的翁则生自己，而是我从来也没有见过面的，比翁则生略高三五分的样子，身体强健，两颊微红，看起来约莫有二十四五的一位女性。

　　她开出了门，一眼看见了我，就立住脚惊疑似的略呆了一呆。同时我看见她脸上却涨起了一层红晕，一双大眼睛眨了几眨，深深地吞了一口气，她似乎已经镇静下去了，便很腼腆地对我一笑。在这一脸柔和的笑容里，我立时就看到了翁则生的面相与神气，当然她是则生的妹妹无疑了，走上了一步，我就也笑着问她说：

　　"则生不在家么？你是他的妹妹不是？"

　　听了我这一句问话，她脸上又红了一红，柔和地笑着，半俯了头，她方才轻轻地回答我说：

　　"是的，大哥还没有回来，你大约是上海来的客人罢？吃中饭的时候，大哥还在说哩！"

　　这沉静清澈的声气，也和翁则生的一色而没有两样。

　　"是的，我是从上海来的。"

　　我接着说：

　　"我因为想使则生惊骇一下，所以电报也不打一个来通知，接到他的信后，马上就动身来了。不过你们大哥的好日也太逼近了，实在可也没有写一封信来通知的时间余裕。"

　　"你请进来罢，坐坐吃碗茶，我马上去叫了他来。怕他听到了你来，真要惊喜得像疯了一样哩。"

　　走上台阶，我还没有进门，从客堂后面的侧门里，却走出了一位头发雪白，面貌清癯，大约有六十内外的老太太来。她的柔和的笑容，也是和她的女儿儿子的笑容一色一样的。似乎已经听见了我们在门口所交换过的谈话了，她一开口就对我说：

"是郁先生么？为什么不写一封快信来通知？则生中上还在说，说你若要来，他打算进城上车站去接你去的。请坐，请坐，晏公祠只有十几步路，让我去叫他来罢，怕他真要高兴得像什么似的哩。"说完了，她就朝向了女儿，吩咐她上厨下去烧碗茶来。她自己却踏着很平稳的脚步，走出大门，下台阶去通知则生去了。

"你们老太太倒还轻健得很。"

"是的，她老人家倒还好。你请坐罢，我马上起了茶来。"

她上厨下去起茶的中间，我一个人，在客堂里倒得了一个细细观察周围的机会。则生他们的住屋，是一间三开间而有后轩后厢房的楼房。前面阶沿外走落台阶，是一块可以造厅造厢楼的大空地。走过这块数丈见方的空地，再下两级台阶，便是村道了。越村道而下，再低数尺，又是一排人家的房子。但这一排房子，因为都是平屋，所以挡不杀翁则生他们家里的眺望。立在翁则生家的空地里，前山后山的山景，是依旧历历可见的。屋前屋后，一段一段的山坡上，都长着些不大知名的杂树，三株两株夹在这些杂树中间，树叶短狭，叶与细枝之间，满撒着锯末似的黄点的，却是木樨花树。前一刻在半山空亭里闻到的香气，源头原来就系出在这一块地方的。太阳似乎已下了山，澄明的光里，已经看不见日轮的金箭，而山脚下的树梢头，也早有一带晚烟笼上了。山上的空气，真静得可怜，老远老远的山脚下的村里，小儿在呼唤的声音，也清晰地听得出来。我在空地里立了一会，背着手又踱回到了翁家的客厅，向四壁挂在那里的书画一看，却使我想起了翁则生信里所说的事实。琳琅满目，

115

挂在那里的东西，果然是件件精致，不像是乡下人家的俗恶的客厅。尤其使我看得有趣的，是陈豪写的一堂《归去来辞》的屏条，墨色的鲜艳，字迹的秀腴，有点像董香光而更觉得柔媚。翁家的世代书香，只须上这客厅里来一看就可以知道了。我立在那里看字画还没有看得周全，忽而背后门外老远的就飞来了几声叫声：

"老郁！老郁！你来得真快！"

翁则生从小学校里跑回来了，平时总很沉静的他，这时候似乎也感到了一点兴奋。一走进客堂，他握住了我的两手，尽在喘气，有好几秒钟说不出话来。等落在后面的他娘走到的时候，三人才各放声大笑了起来。这时候他妹妹也已经将茶烧好，在一个朱漆盘里放着三碗搬出来摆上桌子来了。

"你看，则生这小孩，他一听见我说你到了，就同猴子似的跳回来了。"他娘笑着对我说。

"老翁！说你生病生病，我看你倒仍旧不见得衰老得怎么样，两人比较起来，怕还是我老得多哩？"

我笑说着，将脸朝向了他的妹妹，去征她的同意。她笑着不说话，只在守视着我们的欢喜笑乐的样子。则生把头一扭，向他娘指了一指，就接着对我说：

"因为我们的娘在这里，所以我不敢老下去吓。并且媳妇儿也还不曾娶到，一老就得做老光棍了，那还了得！"

经他这么一说，四个人重又大笑起来了，他娘的老眼里几乎笑出了眼泪。则生笑了一会，就重新想起了似的替他妹妹介绍说：

"这是我的妹妹，她的事情，你大约是晓得的罢？我在那信里写得很详细的。"

"我们可不必你来介绍了，我上这儿来，头一个见到的就是她。"

"噢，你们倒是有缘啊！莲，你猜这位郁先生的年纪，比我大呢，还是比我小？"

他妹妹听了这一句话，面色又涨红了，正在嗫嚅困惑的中间，她娘却止住了笑，问我说：

"郁先生，大约是和则生上下年纪罢？"

"那里的话，我要比他大得多哩。"

"娘，你看还是我老呢，还是他老？"

则生又把这问题转向了他的母亲。他娘仔细看了我一眼，就对他笑骂般的说：

"自然是郁先生来得老成稳重，谁更像你那样的不脱小孩子脾气呢！"

说着，她就走近了桌边，举起茶碗来请我喝茶。我接过来喝了一口，在茶里又闻到了一种实在是令人欲醉的桂花香气。掀开了茶碗盖，我俯首向碗里一看，果然在绿莹莹的茶水里散点着有一粒一粒的金黄的花瓣。则生以为我在看茶叶，自己拿起了一碗喝了一口，他就对我说：

"这茶叶是我们自己制的，你说怎么样？"

"我并不在看茶叶，我只觉这触鼻的桂花香气，实在可爱得很。"

"桂花吗？这茶叶里的还是第一次开的早桂，现在在开的迟桂花，才有味哩！因为开得迟，所以日子也经得久。"

"是的是的，我一路上走来，在以桂花著名的满觉陇里，倒闻不着桂花的香气。看看两旁的树上，都只剩了一簇一簇的淡绿的桂花托子了，可是到了这里，却同做梦似的，所闻吸的尽是这种浓艳的气味。老翁，你大约是已经闻惯了，不觉得什么罢？我……我……"

说到了这里，我自家也忍不住笑了起来。则生尽管在追问我，"你怎么样？你怎么样？"到了最后，我也只好说了：

"我，我闻了，似乎要起性欲冲动的样子。"

则生听了，马上就大笑了起来，他的娘和妹妹虽则并没有明确地了解我们的说话的内容，但也晓得我们是在说笑话，母女俩便含着微笑，上厨下去预备晚饭去了。

我们两人在客厅上谈谈笑笑，竟忘记了点灯，一道银样的月光，从门里洒进来了。则生看见了月亮，就站起来想拿煤油灯，我却止住了他，说：

"在月光底下清谈，岂不是很好么？你还记不记得起，那一年在井之头公园里的一夜游行？"

所谓那一年者，就是翁则生患肺病的那一年秋天。他因为用功过度，变成了神经衰弱症。有一天，他课也不去上，竟独自一个在公寓里发了一天的疯。到了傍晚，他饭也不吃，从公寓里跑出去了。我接到了公寓主人的注意，下学回来，就远远的在守视着他，看他走出了公寓，就也追踪着他，远远地跟他一道到了井之头公园。从东京到井之头公园去的高架电车，本来是有前后的两乘，所以在电车上，我和他并不遇着。直到下车出车站之后，我假装无意中和他冲见了似的同他招呼了。他红着双颊，问我这时候上这野外来干什么，我说是来看月亮的，记得那一晚正是和这天一样地有月亮的晚上。两人笑了一笑，就一道的在井之头公园的树林里走到了夜半方才回来。后来听他的自白，他是在那一天晚上想到井之头公园去自杀的，但因为遇见了我，谈了半夜，胸中的烦闷，有一半消散了，所以就同我一道又转了回来。"无限胸中烦闷事，一宵清话又成空！"他自白的时候，还念出了这两句诗来，借作解嘲。以后他就因伤风而发生了肺炎，肺炎愈后，就一直的为结核菌所压倒了。

谈了许多怀旧话后，话头一转，我就提到了他的这一回的喜事。

"这一回的喜事么？我在那信里也曾和你说过。"

谈话的内容，一从空想追怀转向了现实，他的声气就低了下去，又回复了他旧日的沉静的态度。

"在我是无可无不可的，对这事情最起劲的，倒是我的那位年老的娘。这一回的一切准备麻烦，都是她老人家在替我忙的。这半个月中间，她差不多日日跑城里。现在是已经弄得完完全全，什么都预备好了，明朝一早，就要来搭灯彩，下午是女家送嫁妆来，后天就是正日。可是老郁，有一件事情，我觉得很难受，就是莲儿——这是我妹妹的小名——近来，似乎是很不高兴的样子，她话虽则不说，但因为她是很天真的缘故，所以在态度上表情上处处我都看得出来。你是初同她见面，所以并不觉得什么，平时她着实要活泼哩，简直活泼得同现代的那些时髦女郎一样，不过她的活泼是天性的纯真，而那些现代女郎，却是学来的时髦。……按说哩，这心绪的恶劣，也是应该的，她虽则是一个纯真的小孩子，但人非木石，究竟总有一点感情，看到了我们这里的婚事热闹，无论如何，总免不得要想起她自己的身世凄凉的。并且还有一个最重要的动机，仿佛是她在觉得自己以后的寄身无处。这儿虽是娘家，但她却是已经出过嫁的女儿了，哥哥讨了嫂嫂，她还有什么权利再寄食在娘家呢？所以我当这婚事在谈起的当初，就一次两次的对她说过了，不管她怎样，她总是我的妹妹，除非她要再嫁，则没有话说，要是不然的话，那她是一辈子有和我同居，和我对分财产的权利的，请她千万不要自己感到难过。这一层意思，她原也明白，我的性情，她是晓得的，可是不晓得怎么，她近来似乎总有点不大安闲的样子。你来得正好，顺便也可以劝劝她。并且明天发嫁妆结灯彩之类的事情，怕她看了又要想到自己的身世，我想明朝一早就叫她陪你出去玩去，省得她在家里一个人在暗中受苦。"

"那好极了，我明天就陪她出去玩一天回来。"

"那可不对，假使是你陪她出去玩的话，那是形迹更露，愈加要使她难堪了。非要装作是你要她去作陪不行。仿佛是你想出去玩，但我却没有工夫陪你，所以只好勉强请她和你一道出去。要这样，她才安逸。"

"好，好，就这么办，明天我要她陪我去逛五云山去。"

正谈到了这里，他的那位老母从客室后面的那扇侧门里走出来了，看到了我们的坐在微明灰暗的客室里谈天，她又笑了起来说：

"十几年不见的一段总账，你们难道想在这几刻工夫里算它清来么？有什么话谈得那么起劲，连灯都忘了点一点？则生，你这孩子真像是疯了，快立起来，把那盏保险灯点上。"

说着她又跑回到了厨下，去拿了一盒火柴出来。则生爬上桌子，在点那盏悬在客室正中的保险灯的时候，她就问我吃晚饭之先，要不要喝酒。则生一边在点灯，一边就从肩背上叫他娘说：

"娘，你以为他也是肺痨病鬼么？郁先生是以喝酒出名的。"

"那么你快下来去开坛去罢，今天挑来的那两坛酒，不晓得好不好，请郁先生尝尝看。"

他娘听了他的话后，就也昂起了头，一面在看他点灯，一面在催他下来去开酒去。

"幸而是酒，请郁先生先尝一尝新，倒还不要紧，要是新娘子，那可使不得。"

他笑说着从桌子上跳了下来，他娘眼睛望着了我，嘴唇却朝着了他啐了一声说：

"你看这孩子，说话老是这样不正经的！"

"因为他要做新郎官了，所以在高兴。"

我也笑着对他娘说了一声，旋转身就一个人踱出了门外，想看一看这翁家山的秋夜的月明，屋内且让他们母子俩去开酒去。

月光下的翁家山，又不相同了。从树枝里筛下来的千条万条的银线，像是电影里的白天的外景。不知躲在什么地方的许多秋虫的鸣唱，骤听之下，满以为在下急雨。白天的热度，日落之后，忽然收敛了，于是草木很多的这深山顶上，就也起了一层白茫茫的透明雾障。山上电灯线似乎还没有接上，远近一家一家看得见的几点煤油灯光，仿佛是大海湾里的渔灯野火。一种空山秋夜的沉默的感觉，处处在高压着人，使人肃然会起一种畏敬之思。我独立在庭前的月亮光里看不上几分钟，心里就有点寒辣辣的怕了起来，回身再走回客室，酒菜杯筷，都已热气蒸腾的摆好在那里候客了。

四个人当吃晚饭的中间，则生又说了许多笑话。因为在前回听取了一番他所告诉我的衷情之后，我于举酒杯的瞬间，偷眼向他妹妹望望，觉得在她的柔和的笑脸上，的确似乎是有一种说不出的悲寂的表情流露在那里的样子。这一餐晚饭，吃尽了许多时间，我因为白天走路走得不少，而谈话之后又感到了一点兴奋，肚子有点饿了，所以酒和菜，竟吃得比平时要多一倍。到了最后将快吃完的当儿，我就向则生提出说：

"老翁，五云山我倒还没有去玩过，明天你可不可以陪我一道去玩一趟？"

则生仍复以他的那种滑稽的口吻回答我说：

"到了结婚的前一日，新郎官哪里走得开呢，还是改天再去罢。等新娘子来了之后，让新郎新娘抬了你去烧香，也还不迟。"

我却仍复主张着说，明天非去不行。则生就说：

"那么替你去叫一顶轿子来，你坐了轿子去，横竖是明天轿夫会来的。"

"不行不行，游山玩水，我是喜欢走的。"

"你认得路么？"

"你们这一种乡下的僻路，我哪里会认得呢？"

"那就怎么办呢？……"

则生抓着头皮，脸上露出了一脸为难的神气，停了一二分钟，他就举目向他的妹妹说：

"莲！你怎么样？你是一位女豪杰，走路又能走，地理又熟悉，你替我陪了郁先生去怎么样？"

他妹妹也笑了起来，举起眼睛来向她娘看了一眼。接着她娘就说：

"好的，莲，还是你陪了郁先生去罢，明天你大哥是走不开的。"

我一看她脸上的表情，似乎已经有了答应的意思了，所以又追问了她一声说：

"五云山可着实不近哩，你走得动的么？回头走到半路，要我来背，那可办不到。"

她听了这话，就真同从心坎里笑出来的一样笑着说：

　　"别说是五云山，就是老东岳，我们也一天要往返两次哩。"

　　从她的红红的双颊，挺突的胸脯，和肥圆的肩臂看来，这句话也决不是她夸的大口。吃完晚饭，又谈了一阵闲天，我们因为明天各有忙碌的操作在前，所以一早就分头到房里去睡了。

　　山中的清晓，又是一种特别的情景。我因为昨天夜里多喝了一点酒，上床去一睡，就同大石头掉下海里似的一直就酣睡到了天明。窗外面吱吱唧唧的鸟声喧噪得厉害，我满以为还是夜半，月明将野鸟惊醒了，但睁开眼掀开帐子来一望，窗内窗外已饱浸着晴天爽朗的清晨光线，窗子上面的一角，却已经有一缕朝阳的红箭射到了。急忙滚出了被窝，穿起衣服，跑下楼去一看，他们母子三人，也已梳洗得妥妥服服，说是已经在做了个把钟头的事情之后。平常他们总是于五点钟前后起床的，这一种日出而作，日入而息的山中住民的生活秩序，又使我对他们感到了无穷的敬意。四人一道吃过了早餐，我和则生的妹妹，就整了一整行装，预备出发。临行之际，他娘又叫我等一下子，她很迅速地跑上楼上去取了一根黑漆手杖下来，说，这是则生生病的时候用过的，走山路的时候，用它来撑扶撑扶，气力要省得多。我谢过了她的好意，就让则生的妹妹上前带路，走出了他们的大门。

　　早晨的空气，实在澄鲜得可爱。太阳已经升高了，但它的领域，还只限于屋檐，树梢，山顶等突出的地方。山路两旁的细草上，露水还没有干，而一味清凉触鼻的绿色草气，和入在桂花香味之中，闻了好像是宿梦也能摇醒的样子。起初还在翁家山村内走着，则生的妹妹，对村中的同性，三步一招呼，五步一立谈的应接得忙不暇给。走尽了这村子的最后一家，沿了入谷的一条石板路走上下山路的时候，遇见的人也没有了，前面的眺望，也转换了一个样子。朝我们去的方向看去，原又是冈峦的起伏和别墅的纵横，但稍一住脚，掉头向东面一望，一片同呵了一口气的镜子似的湖光，却躺在眼下了。远远从两山之间的谷顶望去，并且还看得出一角城里的人家，隐约藏躲在尚未消尽的湖雾当中。

我们的路先朝西北，后又向西南，先下了山坡，后又上了山背，因为今天有一天的时间，可以供我们消磨，所以一离了村境，我就走得特别的慢。每这里看看，那里看看的看个不住。若看见了一件稍可注意的东西，那不管它是风景里的一点一堆，一山一水，或植物界的一草一木与动物界的一鸟一虫，我总要拉住了她，寻根究底的问得它仔仔细细。说也奇怪，小时候只在村里的小学校里念过四年书的她——这是她自己对我说的——对于我所问的东西，却没有一样不晓得的。关于湖上的山水古迹，庙宇楼台哩，那还不要去管它，大约是生长在西湖附近的人，个个都能够说出一个大概来的，所以她的知道得那么详细，倒还在情理之中，但我觉得最奇怪的，却是她的关于这西湖附近的区域之内的种种动植物的知识。无论是如何小的一只鸟，一个虫，一株草，一棵树，她非但各能把它们的名字叫出来，并且连几时孵化，几时他迁，几时鸣叫，几时脱壳，或几时开花，几时结实，花的颜色如何，果的味道如何等，都说得非常有趣而详尽，使我觉得仿佛是在读一部活的桦候脱的《赛儿鹏自然史》（G. White's *Natural History and Antiquities of Selborne*）。而桦候脱的书，却决没有叙述得她那么朴质自然而富于刺激，因为听听她那种舒徐清澈的语气，看看她那一双天生成像饱使过耐吻胭脂棒般的红唇，更加上以她所特有的那一脸微笑，在知的分子之外还不得不添一种情的成分上去，于书的趣味之上更要兼一层人的风韵在里头。我们慢慢的谈着天，走着路，不上一个钟头的光景，我竟恍恍惚惚，像又回复了青春时代似的完全为她迷倒了。

她的身体，也真发育得太完全，穿的虽是一件乡下裁缝做的不大合式的大绸夹袍，但在我的前面一步一步的走去，非但她的肥突的后部，紧密的腰部，和斜圆的胫部的曲线，看得要簇生异想，就是她的两只圆而且软的肩膊，多看一歇，也要使我贪鄙起来。立在她的前面和她讲话哩，则那一双水汪汪的大眼，那一个隆正的尖鼻，那一张红白相间的椭圆嫩脸，和因走路走得气急，一呼一吸涨落得特别快的那个高突的胸脯，又要使我恼杀。还有她那一头不曾剪去的黑发哩，梳的虽然是一个自在的懒髻，但一映到了她那个圆而且白的额上．和短而且腴的颈际，看起来，又格外的动人。总之，我在昨天晚上，不曾在她身上发现的康健和自然的美点，今天因这一回的游山，完全被我观察到了。此外我又在她的谈话之中，证实了翁则生也和我曾经讲到过的她的生性的活泼与天真。譬如我问她今年几岁了？她说，二十八岁。我说这真看不出，我起初还以为你只有二十三四岁，她说，女人不生产是不大会老的。我又问她，对于则生这一回的结婚，你有点什么感触？她说，另外也没有什么，不过以后长住在娘家，似乎有点对不起大哥和大嫂。像这一类的纯粹真率的谈话，我另外还听取了许多许多，她的朴素的天性，真真如翁则生之所说，是一个永久的小孩子的天性。

爬上了龙井狮子峰下的一处平坦的山顶，我听了一段她所讲的如何栽培茶叶，如何摘取焙烘，与那时候的山家生活的如何紧张而有趣的故事之后，便在路旁的一块大岩石上坐下了。遥对着在晴天下太阳光里躺着的杭州城市，和近水遥山，我的双眼只凝视着苍空的一角，有半晌不曾说话。一边在我的脑里，却只在回想着德国的一位名延生（Jenson）的作家所著的一部小说《野紫薇爱立喀》（*Die Braune Erika*）。这小说后来又有一位英国的作家哈特生（Hodson）模仿了，写了一部《绿阴》（*Gteen Mansions*）。两部小说里所描写的，都是一个极可爱的生长在原野里的天真的女性，而女主人公的结果，后来都是不大好的。我沉默着痴想了好久，她却从我背后用了她那只肥软的右手很自然地搭上了我的肩膀。

"你一声也不响的在那里想什么？"

我就伸上手去把她的那只肥手捏住了，一边就扭转了头微笑着看入了她的那双大眼，因为她是坐在我的背后的。我捏住了她的手又默默对她注视了一分钟，但她的眼里脸上却丝毫也没有羞惧兴奋的痕迹出现，她的微笑，还依旧同平时一点儿也没有什么的笑容一样。看了我这一种奇怪的形状，她过了一歇，反又很自然的问我说：

"你究竟在那里想什么？"

倒是我被她问得难为情起来了，立时觉得两颊就潮热了起来。先放开了那只被我捏住在那儿的她的手，然后干咳了两声，最后我就鼓动了勇气，发了一声同被绞出来似的答语：

"我……我在这儿想你！"

"是在想我的将来如何的和他们同住么？"

她的这句反问，又是非常的率真而自然，满以为我是在为她设想的样子。我只好沉默着把头点了几点，而眼睛里却酸溜溜的觉得有点热起来了。

"啊，我自己倒并没有想得什么伤心，为什么，你，你却反而为我流起眼泪来了呢？"

　　她像吃了一惊似的立了起来问我，同时我也立起来了，且在将身体起立的行动当中，乘机拭去了我的眼泪。我的心地开朗了，欲情也净化了，重复向南慢慢走上岭去的时候，我就把刚才我所想的心事，尽情告诉了她，我将那两部小说的内容讲给了她听，我将我自己的邪心说了出来，我对于我刚才所触动的那一种自己的心情，更下了一个严正的批判，末后，便这样的对她说：

　　"对于一个洁白得同白纸似的天真小孩，而加以玷污，是不可赦免的罪恶。我刚才的一念邪心，几乎要使我犯下这个大罪了。幸亏是你的那颗纯洁的心，那颗同高山上的深雪似的心，却救我出了这一个险。不过我虽则犯罪的形迹没有，但我的心，却是已经犯过罪的。所以你要罚我的话，就是处我以死刑，我也毫无悔恨。你若以为我是那样卑鄙，而将来永没有改善的希望的话，那今天晚上回去之后，向你大哥母亲，将我的这一种行为宣布了也可以。不过你若以为这是我的一时糊涂，将来是永也不会再犯的话，那请你相信我的誓言，以后请你当我作你大哥一样那么的看待，你若有急有难，有不了的事情，我总情愿以死来代替着你。"

　　当我在对她作这些忏悔的时候，两人起初是慢慢在走的，后来又在路旁坐下了。说到了最后的一节，倒是她反同小孩子似的发着抖，捏住了我的两手，倒入了我的怀里，呜呜咽咽的哭了起来。我等她哭了一阵之后，就拿出了一块手帕来替她揩干了眼泪，将我的嘴唇轻轻地搁到了她的头上。两人偎抱着沉默了好久，我又把头俯了下去，问她，我所说的这段话的意思，究竟明白了没有。她眼看着了地上，把头点了几点。我又追问了她一声：

"那么你承认我以后做你的哥哥了不是？"

她又俯视着把头点了几点，我撒开了双手，又伸出去把她的头捧了起来，使她的脸正对着了我。对我凝视了一会，她的那双泪珠还没有收尽的水汪汪的眼睛，却笑起来了。我乘势把她一拉，就同她挽着手并立了起来。

"好，我们是已经决定了，我们将永久地结作最亲爱最纯洁的兄妹。时候已经不早了，让我们快一点走，赶上五云山去吃午饭去。"

我这样说着，挽着她向前一走，她也恢复了早晨刚出发的时候的元气，和我并排着走向了前面。

两人沉默着向前走了几十步之后，我侧眼向她一看，同奇迹似的忽而在她的脸上看出了一层一点儿忧虑也没有的满含着未来的希望和信任的圣洁的光耀来。这一种光耀，却是我在这一刻以前的她的脸上从没有看见过的。我愈看愈觉得对她生起敬爱的心思来了，所以不知不觉，在走路的当中竟接连着看了她好几眼。本来只是笑嘻嘻地在注视着前面太阳光里的五云山的白墙头的她，因为我的脚步的迟乱，似乎也感觉到了我的注意力的分散了，将头一侧，她的双眼，却和我的视线接成了两条轨道。她又笑起来了，同时也放慢了脚步。再向我看了一眼，她才腼腆地开始问我说：

"那我以后叫你什么呢？"

"你叫则生叫什么，就叫我也叫什么好了。"

"那么——大哥！"

大哥的两字，是很急速的紧连着叫出来的，听到了我的一声高声的"啊！"的应声之后，她就涨红了脸，撒开了手，大笑着跑上前面去了。一面跑,一面她又回转头来,"大哥!""大哥!"的接连叫了我好几声。等我一面叫她别跑,一面我自己也跑着追上了她背后的时候,我们的去路已经变成了一条很窄的石岭,而五云山的山顶,看过去也似乎是很近的。仍复了平时的脚步,两人分着前后,在那条窄岭上缓步的当中,我才觉得真真是成了她的哥哥的样子,满含着了慈爱,很正经地吩咐她说:

"走得小心,这一条岭多么险啊!"

走到了五云山的财神殿里,太阳刚当正午,庙里的人已经在那里吃中饭了。我们因为在太阳底下的半天行路,早已经干渴得像旱天的树木一样,所以一进客堂去坐下,就教他们先起茶来,然后再开饭给我们吃。洗了一个手脸,喝了两三碗清茶,静坐了十几分钟,两人的疲劳兴奋,都已平复了过去,这时候饥饿却抬起头来了,于是就又催他们快点开饭。这一餐只我和她两人对食的五云山上的中餐,对于我正敌得过英国诗人所幻想着的亚力山大王的高宴,若讲到心境的满足,和谐,与食欲的高潮亢进,那恐怕亚力山大王还远不及当时的我。

吃过午饭,管庙的和尚又领我们上前后左右去走了一圈。这五云山,实在是高,立在庙中阁上,开窗向东北一望,湖上的群山,都像是青色的土堆了。本来西湖的山水的妙处,就在于它的比舞台上的布景又真实伟大一点,而比各处的名山大川又同盆景似的整齐渺小一点这地方。而五云山的气概,却又完全不同了。以其山之高与境的僻,一般脚力不健的游人是不会到的,就在这一点上,五云山已略备着名山的资格了,更何况前面远处,蜿蜒盘曲在青山绿野之间的,是一条历史上也着实有名的钱塘江水呢?所以若把西湖的山水，比作一只锁在铁笼子里的白熊来看，那这五云山峰与钱塘江水，便是一只深山的野鹿。笼里的白熊，是只能满足满足胆怯无力者的冒险雄心的，至于深山的野鹿，虽没有高原的狮虎那么雄壮，但一股自由奔放之情，却可以从它那里摄取得来。

我们在五云山的南面又看了一会钱塘江上的帆影与青山，就想动身上我们的归路了，可是举起头来一望，太阳还在中天，只西偏了没有几分。从此地回去，路上若没有耽搁，是不消两个钟头就能到翁家山上的；本来是打算出来把一天光阴消磨过去的我们，回去得这样的早，岂不是辜负了这大好的时间了么？所以走到了五云山西南角的一条狭路边上的时候，我就又立了下来，拉着了她的手亲亲热热地问了她一声：

"莲，你还走得动走不动？"

"起码三十里路总还可以走的。"

她说这句话的神气，是富有着自信和决断，一点也不带些夸张卖弄的风情，真真是自然到了极点，所以使我看了不得不伸上手去，向她的下巴底下拨了一拨。她怕痒，缩着头颈笑起来了，我也笑开了大口，对她说：

"让我们索性上云栖去罢！这一条是去云栖的便道，大约走下去，总也没有多少路的，你若是走不动的话，我可以背你。"

两人笑着说着，似乎只转瞬之间，已经把那条狭窄的下山便道走尽了大半了。山下面尽是些绿玻璃似的翠竹，西斜的太阳晒到了这条坞里，一种又清新又寂静的淡绿色的光同清水一样，满浸在这附近的空气里在流动。我们到了云栖寺里坐下，刚喝完了一碗茶，忽而前面的大殿上，有嘈杂的人声起来了，接着就走进了两位穿着分外宽大的黑布和尚衣的老僧来，知客僧便指着他们夸耀似的对我们说：

"这两位高僧，是我们方丈的师兄，年纪都快八十岁了，是从城里某公馆里回来的。"

城里的某巨公，的确是一位侫佛的先锋，他的名字，我本系也听见过的，但我以为同和尚来谈这些俗人，也不大相称，所以就把话头扯了开去，问和尚大殿上的嘈杂的人声，是为什么而起的。知客僧轻鄙似的笑了一笑说：

"还不是城里的轿夫在敲酒钱，轿钱是公馆里付了来的，这些穷人心实在太凶。"

这一个伶俐世俗的知客僧的说话，我实在听得有点厌起来了，所以就要求他说：

"你领我们上寺前寺后去走走罢?"

我们看过了"御碑"及许多石刻之后，穿出大殿，那几个轿夫还在咕噜着没有起身。我一半也觉得走路走得太多了，一半也想给那个知客僧以一点颜色看看，所以就走了上去对轿夫说：

"我给你们两块钱一个人，你们抬我们两人回翁家山去好不好?"

轿夫们喜欢极了，同打过吗啡针后的鸦片嗜好者一样，立时将态度一变，变得有说有笑了。

知客僧又陪我们到了寺外的修竹丛中，我看了竹上的或刻或写在那里的名字诗句之类，心里倒有点奇怪起来，就问他这是什么意思。于是他也同轿夫他们一样，笑迷迷地对我说了一大串话。我听了他的解释，倒也觉得非常有趣，所以也就拿出了五圆纸币，递给了他，说：

"我们也来买两枝竹放放生罢！"

说着我就向立在我旁边的她看了一眼，她却正同小孩子得到了新玩意儿还不敢去抚摸的一样，微笑着靠近了我的身边轻轻地问我：

"两枝竹上，写什么名字好？"

"当然是一枝上写你的，一枝上写我的。"

她笑着摇摇头说：

"不好，不好，写名字也不好，两个人分开了写也不好。"

"那么写什么呢？"

"只教把今天的事情写上去就对。"

我静立着想了一会，恰好那知客僧向寺里去拿的油墨和笔也已经拿到了。我拣取了两株并排着的大竹，提起笔来，就各写上了"郁翁兄妹放生之竹"的八个字。将年月日写完之后，我搁下了笔，回头来问她这八个字怎么样，她真像是心花怒放似的笑着，不说话而尽在点头。在绿竹之下的这一种她的无邪的憨态，又使我深深地，深深地受到了一个感动。

坐上轿子，向西向南的在竹荫之下走了六七里坂道，出梵村，到闸口西首，从九溪口折入九溪十八涧的山坳，登杨梅岭，到南高峰下的翁家山的时候，太阳已经悬在北高峰与天竺山的两峰之间了。他们的屋里，早已挂上了满堂的灯彩，上面的一对红灯，也已经点尽了一半的样子。嫁妆似乎已经在新房里摆好，客厅上看热闹的人，也早已散了。我们轿子一到，则生和他的娘，就笑着迎了出来，我付过轿钱，一踱进门槛，他娘就问我说：

"早晨拿出去的那根手杖呢？"

我被她一问，方才想起，便只笑着摇摇头对她慢声的说：

"那一根手杖么——做了我的祭礼了。"

"做了你的祭礼？什么祭礼？"则生惊疑似的问我。

"我们在狮子峰下，拜过天地，我已经和你妹妹结成了兄妹了。那一根手杖，大约是忘记在那块大岩石的旁边的。"

正在这个时候，先下轿而上楼去换了衣服下来的他的妹妹，也嬉笑着，走到了我们的旁边。则生听了我的话后，就也笑着对他的妹妹说：

"莲，你们真好！我们倒还没有拜堂，而你和老郁，却已经在狮子峰拜过天地了，并且还把我的一根手杖忘掉，作了你们的祭礼。娘！你说这事情应怎么罚罚他们？"

经他这一说，说得大家都笑了起来，我也情愿自己认罚，就认定后日馈房，算作是我一个人的东道。

这一晚翁家请了媒人，及四五个近族的人来吃酒，我和新郎官，在下面奉陪。做媒人的那位中老乡绅，身体虽则并不十分肥胖，但相貌态度，却也是很富裕的样子。我和他两人干杯，竟干满了十八九杯。因酒有点微醉，而日里的路，也走得很多，所以这一晚睡得比前一晚还要沉熟。

九月十二的那一天结婚正日，大家整整忙了一天。婚礼虽系新旧合参的仪式，但因两家都不喜欢铺张，所以百事也还比较简单。午后五时，新娘轿到，行过礼后，那位好好先生的媒人硬要拖我出来，代表来宾，说几句话。我推辞不得，就先把我和则生在日本念书时候的交情说了一说，末了我就想起了则生同我说的迟桂花的好处，因而就抄了他的一段话来恭祝他们：

"则生前天对我说，桂花开得愈迟愈好，因为开得迟，所以经得日子久。现在两位的结婚，比较起平常的结婚年龄来，似乎是觉得大一点了，但结婚结得迟，日子也一定经得久。明年迟桂花开的时候，我一定还要上翁家山来。我预先在这儿计算，大约明年来的时候，在这两株迟桂花的中间，总已经有一枝早桂花发出来了。我们大家且等着，等到明年这个时候，再一同来吃他们的早桂的喜酒。"

说完之后，大家就坐拢来吃喜酒。猜猜拳，闹闹房，一直闹到了半夜，各人方才散去。当这一日的中间，我时时刻刻在注意着偷看则生的妹妹的脸色，可是则生所说而我也曾看到过的那一种悲寂的表情，在这一日当中却终日没有在她的脸上流露过一丝痕迹。这一日，她笑的时候，真是乐得难耐似的完全是很自然的样子。因了她的这一种心情的反射的结果，我当然可以不必说，就是则生和他的母亲，在这一日里，也似乎是愉快到了极点。

因为两家都喜欢简单成事的缘故，所以三朝回郎等繁缛的礼节，都在十三那一天白天行完了，晚上馈房，总算是我的东道。则生虽则很希望我在他家里多住几日，可以和他及他的妹妹谈谈笑笑，但我一则因为还有一篇稿子没有做成，想另外上一个更僻静点的地方去做文章，二则我觉得我这一次吃喜酒的目的也已经达到了，所以在馈房的翌日，就离开翁家山去乘早上的特别快车赶回上海。

送我到车站的，是翁则生和他的妹妹两个人。等开车的信号钟将打，而火车的机关头上在吐白烟的时候，我又从车窗里伸出了两手，一只捏着了则生，一只捏着了他的妹妹，很重很重的捏了一回。汽笛鸣后，火车微动了，他们兄妹俩又随车前走了许多步，我也俯出了头，叫他们说：

“则生！莲！再见，再见！但愿得我们都是迟桂花！”

火车开出了老远老远，月台上送客的人都回去了，我还看见他们兄妹俩直立在东面月台篷外的太阳光里，在向我挥手。

一九三二年十月，杭州。

读者注意！这小说中的人物事迹，当然都是虚拟的，请大家不要误会。——作者附注

选自《达夫自选集》

上海天马书店 1933 年 3 月初版

作家的话 ◈

十月七日（九月初八），星期五，晴爽。

……早餐后，就由清波门坐船至赤山埠，翻石屋岭，出满觉陇，……上翁家山，在老龙井旁喝茶三碗，……又上南高峰走了一圈，下来出四眼井，坐黄包车回旅馆，人疲乏极了，但余兴尚未衰也。……今天的一天漫游，倒很可以写一篇短篇。

十月九日（阴历九月初十），星期日，晴爽。

天气又是很好的晴天，真使人在家里坐守不住，“迟桂开时日日晴”，成诗一句，聊以作今日再出去闲游的口实。……明日起，大约可以动手写点东西，先想写一篇短篇，名《迟桂花》。

十月十日（九月十一日），阴晴，星期一。

《迟桂花》的内容，写出来怕将与《幸福的摆》有点气味相通，我也想在这篇小说里写出一个病肺者的性格来。

十月十七日（阴历九月十八日），星期一，晴。

大约《迟桂花》可写一万五六千字，或将成为今年的我作品中的杰作。

《沧州日记》《水明楼日记》

评论家的话 ◇◇

《迟桂花》是 1932 年 10 月郁达夫在杭州养病时写的短篇小说，……这篇小说描写作家郁先生应阔别十多年的朋友翁则生的邀请赴翁家山参观他的婚礼的一段见闻。……在作者笔下，翁家山就是这样一个宁静、纯洁，能使受伤的灵魂得到抚慰安息，能使邪俗的念头得到涤荡净化的处所。翁则生就是在这样的环境中割断世俗带给他的痛苦，获得内心的平静，从而过着怡然自得的生活。同时，根据郁达夫当时的思想情况，读者也可以认为，宁静安谧的翁家山，不正就是郁达夫在险恶杂乱的现实生活中所憧憬和向往的一个理想的世界吗！

曾华鹏　范伯群：《郁达夫评传》

茅　盾
春　蚕

茅盾，原名沈德鸿，字雁冰，笔名玄珠、郎损等。1896年生于浙江桐乡。1913 年考入北京大学预科，毕业后到上海商务印书馆任职，开始文学活动。1921 年参与发起文学研究会，积极倡导为人生的艺术，并全面革新和主编《小说月报》，使其成为新文学的重要阵地。与此同时，还参加中国共产党成立的筹备工作，投入党的早期革命活动。1927 年国共分裂后潜回上海隐居，不久流亡日本，这期间开始用"茅盾"的笔名发表创作小说《蚀》三部曲和《虹》。1930 年春从日本回到上海，加入中国左翼作家联盟，并担任执行书记等职，创作了长篇小说《子夜》、短篇小说《林家铺子》和《春蚕》等代表作。抗战期间奔走于香港、新疆、延安、重庆等地，积极从事抗战宣传，创作小说、剧本、散文多种。其创作善于将阶级斗争理论结合具体的社会剖析和人物典型的塑造，通过艺术表达出来。这些艺术实践对于 20 世纪 50 年代以后中国占主流地位的革命现实主义理论的建设发生过重大影响。1949 年以后担任中华人民共和国的文化部部长和全国文联副主席、中国作协主席。晚年从事文学批评并撰写回忆录。1981 年病逝于北京。有《茅盾全集》50 卷。

一

老通宝坐在"塘路"边的一块石头上，长旱烟管斜摆在他身边。"清明"节后的太阳已经很有力量，老通宝背脊上热烘烘的，像背着一盆火。"塘路"上拉纤的快班船上的绍兴人只穿了一件蓝布单衫，敞开了大襟，弯着身子拉，额角上黄豆大的汗粒落到地上。

看着人家那样辛苦的劳动，老通宝觉得身上更加热了；热的有点儿发痒。他还穿着那件过冬的破棉袄，他的夹袄还在当铺里，却不防才得"清明"边，天就那么热。

"真是天也变了！"

老通宝心里说，就吐一口浓厚的唾沫。在他面前那条"官河"内，水是绿油油的，来往的船也不多，镜子一样的水面这里那里起了几道皱纹或是小小的涡旋，那时候，倒影在水里的泥岸和岸边成排的桑树，都晃乱成灰暗的一片。可是不会很长久的。渐渐儿那些树影又在水面上显现，一弯一曲地蠕动，像是醉汉，再过一会儿，终于站定了，依然是很清晰的倒影。那拳头模样的丫枝顶都已经簇生着小手指儿那么大的嫩绿叶。这密密层层的桑树，沿着那"官河"一直望去，好像没有尽头。田里现在还只有干裂的泥块，这一带，现在是桑树的势力！在老通宝背后，也是大片的桑林，矮矮的，静穆的，在热烘烘的太阳光下，似乎那"桑拳"上的嫩绿叶过一秒钟就会大一些。

离老通宝坐处不远，一所灰白的楼房蹲在"塘路"边，那是茧厂。十多天前驻扎过军队，现在那边田里留着几条短短的战壕。那时都说东洋兵要打进来，镇上有钱人都逃光了，现在兵队又开走了，那座茧厂依旧空关在那里，等候春茧上市的时候再热闹一番。老通宝也听得镇上小陈老爷的儿子——陈大少爷说过，今年上海不太平，丝厂都关门，恐怕这里的茧厂也不能开；但老通宝是不肯相信的。他活了六十岁，反乱年头也经过好几个，从没见过绿油油的桑叶白养在树上等到成了"枯叶"去喂羊吃；除非是"蚕花"不熟，但那是老天爷的"权柄"，谁又能够未卜先知？

"才得清明边，天就那么热！"

老通宝看着那些桑拳上怒茁的小绿叶儿，心里又这么想，同时有几分惊异，有几分快活。他记得自己还是二十多岁少壮的时候，有一年也是"清明"边就得穿夹，后来就是"蚕花二十四分"，自己也就在这一年成了家。那时，他家正在"发"；他的父亲像一头老牛似的，什么都懂得，什么都做得；便是他那创家立业的祖父，虽说在长毛窝里吃过苦头，却也愈老愈硬朗。那时候，老陈老爷去世不久，小陈老爷还没抽上鸦片烟，"陈老爷家"也不是现在那么不像样的。老通宝相信自己一家和"陈老爷家"虽则一边是高门大户，而一边不过是种田人，然而两家的命运好像是一条线儿牵着。不但"长毛造反"那时候，老通宝的祖父和陈老爷同被长毛掳去，同在长毛窝里混上了六七年，不但他俩同时从长毛营盘里逃了出来，而且偷得了长毛的许多金元宝——人家到现在还是这么说；并且老陈老爷做丝生意"发"起来的时候，老通宝家养蚕也是年年都好，十年中间挣得了二十亩的稻田和十多亩的桑地，还有三开间两进的一座平屋。这时候，老通宝家在东村庄上被人人所妒羡，也正像"陈老

140

爷家"在镇上是数一数二的大户人家。可是以后，两家都不行了；老通宝现在已经没有自己的田地，反欠出三百多块钱的债，"陈老爷家"也早已完结。人家都说"长毛鬼"在阴间告了一状，阎罗王追还"陈老爷家"的金元宝横财，所以败得这么快。这个，老通宝也有几分相信：不是鬼使神差，好端端的小陈老爷怎么会抽上了鸦片烟？

可是老通宝死也想不明白为什么"陈老爷家"的"败"会牵动到他家。他确实知道自己家并没得过长毛的横财。虽则听死了的老头子说，好像那老祖父逃出长毛营盘的时候，不巧撞着了一个巡路的小长毛，当时没法，只好杀了他——这是一个"结"！然而从老通宝懂事以来，他们家替这小长毛鬼拜忏念佛烧纸锭，记不清有多少次了。这个小冤魂，理应早投凡胎。老通宝虽然不很记得祖父是怎样"做人"，但父亲的勤俭忠厚，他是亲眼看见的；他自己也是规矩人，他的儿子阿四，儿媳四大娘，都是勤俭的。就是小儿子阿多年纪青，有几分"不知苦辣"，可是毛头小伙子，大都这么着，算不得"败家相"！

老通宝抬起他那焦黄的皱脸，苦恼地望着他面前的那条河，河里的船，以及两岸的桑地。一切都和他二十多岁时差不了多少，然而"世界"到底变了。他自己家也要常常把杂粮当饭吃一天，而且又欠出了三百多块钱的债。

呜！呜，呜，呜——

汽笛叫声突然从那边远远的河身的弯曲地方传了来。就在那边，蹲着又一个茧厂，远望去隐约可见那整齐的石"帮岸"。一条柴油引擎的小轮船很威严地从那茧厂后驶出来，拖着三条大船，迎面向老

141

通宝来了。满河平静的水立刻激起泼刺刺的波浪，一齐向两旁的泥岸卷过来。一条乡下"赤膊船"赶快拢岸，船上人揪住了泥岸上的树根，船和人都好像在那里打秋千。轧轧轧的轮机声和洋油臭，飞散在这和平的绿的田野。老通宝满脸恨意，看着这小轮船来，看着它过去，直到又转一个弯，呜呜呜地又叫了几声，就看不见。老通宝向来仇恨小轮船这一类洋鬼子的东西！他从没见过洋鬼子，可是他从他的父亲嘴里知道老陈老爷见过洋鬼子：红眉毛，绿眼睛，走路时两条腿是直的。并且老陈老爷也是很恨洋鬼子，常常说"铜钿都被洋鬼子骗去了"。老通宝看见老陈老爷的时候，不过八九岁——现在他所记得的关于老陈老爷的一切都是听来的，可是他想起了"铜钿都被洋鬼子骗去了"这句话，就仿佛看见了老陈老爷捋着胡子摇头的神气。

洋鬼子怎样就骗了钱去，老通宝不很明白。但他很相信老陈老爷的话一定不错。并且他自己也明明看到自从镇上有了洋纱，洋布，洋油——这一类洋货，而且河里更有了小火轮船以后，他自己田里生出来的东西就一天一天不值钱，而镇上的东西却一天一天贵起来。他父亲留下来的一分家产就这么变小，变作没有，而且现在负了债。老通宝恨洋鬼子不是没有理由的！他这坚定的主张，在村坊上很有名。五年前，有人告诉他：朝代又改了，新朝代是要"打倒"洋鬼子的。老通宝不相信。为的他上镇去看见那新到的喊着"打倒洋鬼子"的年轻人们都穿了洋鬼子衣服。他想来这伙青年人一定私通鬼子，却故意来骗乡下人。后来果然就不喊"打倒洋鬼子"了，而且镇上的东西更加一天一天贵起来，派到乡下人身上的捐税也更加多起来。老通宝深信这都是串通了洋鬼子干的。

然而更使老通宝去年几乎气成病的，是茧子也是洋种的卖得好价钱；洋种的茧子，一担要贵上十多块钱。素来和儿媳总还和睦的老通宝，在这件事上可就吵了架。儿媳四大娘去年就要养洋种的蚕。小儿子跟他嫂嫂是一路，那阿四虽然嘴里不多说，心里也是要洋种的。老通宝拗不过他们，末了只好让步。现在他家里有的三张蚕种，就是土种两张，洋种一张。

　　"世界真是越变越坏！过几年他们连桑叶都要洋种了！我活得厌了！"

　　老通宝看着那些桑树，心里说，拿起身边的长旱烟管恨恨地敲着脚边的泥块。太阳现在正当他头顶，他的影子落在泥地上，短短的像一段乌焦木头，还穿着破棉袄的他，觉得浑身躁热起来了。他解开了大襟上的纽扣，又抓着衣角扇了几下，站起来回家去。

　　那一片桑树背后就是稻田。现在大部分是匀整的半翻着的燥裂的泥块。偶尔也有种了杂粮的，那黄金一般的菜花散出强烈的香味。那边远远地一簇房屋，就是老通宝他们住了三代的村坊，现在那些屋上都袅起了白的炊烟。

　　老通宝从桑林里走出来，到田塍上，转身又望那一片爆着嫩绿的桑树。忽然那边田里跳跃着来了一个十来岁的男孩子，远远地就喊道：

　　"阿爹！妈等你吃中饭呢！"

　　"哦——"

　　老通宝知道是孙子小宝，随口应着，还是望着那一片桑林。才只得"清明"边，桑叶尖儿就抽得那么小指头儿似的，他一生就只见过两次。今年的蚕花，光景是好年成。三张蚕种，该可以采多少

143

茧子呢？只要不像去年，他家的债也许可以拔还一些罢。

小宝已经跑到他阿爹的身边了，也仰着脸看那绿绒似的桑拳头；忽然他跳起来拍着手唱道：

"清明削口，看蚕娘娘拍手！"①

老通宝的皱脸上露出笑容来了。他觉得这是一个好兆头。他把手放在小宝的"和尚头"上摩着，他的被穷苦弄麻木了的老心里勃然又生出新的希望来了。

二

天气继续暖和，太阳光催开了那些桑拳头上的小手指儿模样的嫩叶，现在都有小小的手掌那么大了。老通宝他们那村庄四周围的桑林似乎发长得更好，远望去像一片绿锦平铺在密密层层灰白色矮矮的篱笆上。"希望"在老通宝和一般农民们的心里一点一点一天一天强大。蚕事的动员令也在各方面发动了。藏在柴房里一年之久的养蚕用具都拿出来洗刷修补。那条穿村而过的小溪旁边，蠕动着村里的女人和孩子，工作着，嚷着，笑着。

这些女人和孩子们都不是十分健康的脸色——从今年开春起，他们都只吃个半饱；他们身上穿的，也只是些破旧的衣服。实在他们的情形比叫花子好不了多少。然而他们的精神都很不差。他们有很大的

---

① 这是老通宝所在那一带乡村里关于"蚕事"的一种歌谣式的成语。所谓"削口"是方言，指桑叶抽发如指；"清明削口"谓清明边桑叶已抽放如许大也。"看"亦是方言，意同"饲"或"育"。全句谓清明边桑叶开绽则熟年可卜。故蚕妇拍手而喜。

忍耐力，又有很大的幻想。虽然他们都负了天天在增大的债，可是他们那简单的头脑老是这么想：只要蚕花熟，就好了！他们想象到一个月以后那些绿油油的桑叶就会变成雪白的茧子，于是又变成叮叮当当响的洋钱，他们虽然肚子里饿得咕咕地叫，却也忍不住要笑。

这些女人中间也就有老通宝的媳妇四大娘和那个十二岁的小宝。这娘儿两个已经洗好了那些"团扁"和"蚕箪"①，坐在小溪边的石头上撩起布衫角揩脸上的汗水。

"四阿嫂！你们今年也看（养）洋种么？"

小溪对岸的一群女人中间有一个二十岁左右的姑娘隔溪喊过来了。四大娘认得是隔溪的对门邻舍陆福庆的妹子六宝。四大娘立刻把她的浓眉毛一挺，好像正想找人吵架似的嚷了起来：

"不要来问我！阿爹做主呢！——小宝的阿爹死不肯，只看了一张洋种！老糊涂的听得带一个洋字就好像见了七世冤家！洋钱，也是洋，他倒又要了！"

小溪旁那些女人们听得笑起来了。这时候有一个壮健的小伙子正从对岸的陆家稻场上走过，跑到溪边，跨上了那横在溪面用四根木头并排做成的雏形的"桥"。四大娘一眼看见，就丢开了"洋种"问题，高声喊道：

"多多弟！来帮我搬东西罢！这些扁，浸湿了，就像死狗一样重！"

小伙子阿多也不开口，走过来拿起五六只"团扁"，湿漉漉地顶在头上，却空着一双手，划桨似的荡着，就走了。这个阿多高兴起

---

① 老通宝乡里称那圆桌面那样大、极像一个盘的竹器为"团扁"；又一种略小而底部编成六角形网状的，称为"箪"，方音读如"踏"；蚕初收蚁时，在"箪"中养育，呼为"蚕箪"，那是糊了纸的；这种纸通称"糊箪纸"。

来时，什么事都肯做，碰到同村的女人们叫他帮忙拿什么重家伙，或是下溪去捞什么，他都肯；可是今天他大概有点不高兴，所以只顶了五六只"团扁"去，却空着一双手。那些女人们看着他戴了那特别大箬帽似的一叠"扁"，袅着腰，学镇上女人的样子走着，又都笑起来了，老通宝家紧邻的李根生的老婆荷花一边笑，一边叫道：

"喂，多多头！回来！也替我带一点儿去！"

"叫我一声好听的，我就给你拿。"

阿多也笑着回答，仍然走。转眼间就到了他家的廊下，就把头上的"团扁"放在廊檐口。

"那么，叫你一声干儿子！"

荷花说着就大声的笑起来，她那出众地白净然而扁得作怪的脸上看去就好像只有一张大嘴和眯紧了好像两条线一般的细眼睛。她原是镇上人家的婢女，嫁给那不声不响整天苦着脸的半老头子李根生还不满半年，可是她的爱和男子们胡调已经在村中很有名。

"不要脸的！"

忽然对岸那群女人中间有人轻声骂了一句。荷花的那对细眼睛立刻睁大了，怒声嚷道：

"骂哪一个？有本事，当面骂，不要躲！"

"你管得我？棺材横头踢一脚，死人肚里自得知：我就骂那不要脸的骚货！"

隔溪立刻回骂过来了，这就是那六宝，又一位村里有名淘气的大姑娘。

于是对骂之下，两边又泼水。爱闹的女人也夹在中间帮这边帮那边。小孩子们笑着狂呼。四大娘是老成的，提起她的"蚕箪"，喊着小宝，自回家去。阿多站在廊下看着笑。他知道为什么六宝要跟荷花吵架；他看着那"辣货"六宝挨骂，倒觉得很高兴。

老通宝捎着一架"蚕台"① 从屋子里出来。这三棱形家伙的木梗子有几条给白蚂蚁蛀过了，怕的不牢，须得修补一下。看见阿多站在那里笑嘻嘻地望着外边的女人们吵架，老通宝的脸色就板起来了。他这"多多头"的小儿子不老成，他知道。尤其使他不高兴的，是多多也和紧邻的荷花说说笑笑。"那母狗是白虎星，惹上了她就得败家"——老通宝时常这样警戒他的小儿子。

"阿多！空手看野景么？阿四在后边扎'缀头'②，你去帮他！"

老通宝像一匹疯狗似的咆哮着，火红的眼睛一直盯住了阿多的身体，直到阿多走进屋里去，看不见了，老通宝方才提过那"蚕台"来反复审察，慢慢地动手修补。木匠生活，老通宝早年是会的；但近来他老了，手指头没有劲，他修了一会儿，抬起头来喘气，又望望屋里挂在竹竿上的三张蚕种。

四大娘就在廊檐口糊"蚕篁"。去年他们为的想省几百文钱，是买了旧报纸来糊的。老通宝直到现在还说是因为用了报纸——不惜字纸，所以去年他们的蚕花不好。今年是特地全家少吃一餐饭，省下钱来买了"糊篁纸"来了。四大娘把那鹅黄色坚韧的纸儿糊得很平贴，然后又照品字式糊上三张小小的花纸——那是跟"糊篁纸"一块儿买来的，一张印的花色是"聚宝盆"，另两张都是手执尖角旗的人儿骑在马上，据说是"蚕花太子"。

---

① "蚕台"是三棱式可以折起来的木架子，像三张梯连在一处的家伙；中分七八格，每格可放一团扁。

② "缀头"也是方音，是稻草扎的，蚕在上面做茧子。

"四大娘！你爸爸做中人借来三十块钱，就只买了二十担叶。后天米又吃完了，怎么办？"

老通宝气喘喘地从他的工作里抬起头来，望着四大娘。那三十块钱是二分半的月息。总算有四大娘的父亲张财发做中人，那债主也就是张财发的东家，"做好事"，这才只要了二分半的月息。条件是蚕事完后本利归清。

四大娘把糊好了的"蚕箪"放在太阳底下晒，好像生气似的说：

"都买了叶！又像去年那样多下来——"

"什么话！你倒先来发利市了！年年像去年么？自家只有十来担叶；五张布子（蚕种），十来担叶够么？"

"噢，噢；你总是不错的！我只晓得有米烧饭，没米饿肚子！"

四大娘气哄哄地回答：为了那"洋种"问题，她到现在常要和老通宝抬杠。

老通宝气得脸都紫了。两个人就此再没有一句话。

但是"收蚕"的时期一天一天逼近了。这二三十人家的小村落突然呈现了一种大紧张，大决心，大奋斗，同时又是大希望。人们似乎连肚子饿都忘记了。老通宝他们家东借一点，西赊一点，居然也一天一天过着来。也不仅老通宝他们，村里哪一家有两三斗米放在家里呀！去年秋收固然还好，可是地主、债主、正税、杂捐，一层一层地剥削来，早就完了。现在他们唯一的指望就是春蚕，一切临时借贷都是指明在这"春蚕收成"中偿还。

他们都怀着十分希望又十分恐惧的心情来准备这春蚕的大搏战！

"谷雨"节一天近一天了。村里二三十人家的"布子"都隐隐现出绿色来。女人们在稻场上碰见时，都匆匆地带着焦灼而快乐的口气互相告诉道：

"六宝家快要'窝种'① 了呀！"

"荷花说她家明天就要'窝'了。有这么快！"

"黄道士去测一字，今年的青叶要贵到四洋！"

四大娘看自家的五张"布子"。不对！那黑芝麻似的一片细点子还是黑沉沉，不见绿影。她的丈夫阿四拿到亮处去细看，也找不出几点"绿"来。四大娘很着急。

"你就先'窝'起来罢！这余杭种，作兴是慢一点的。"

阿四看着他老婆，勉强自家宽慰。四大娘嘟起了嘴巴不回答。

老通宝哭丧着干皱的老脸，没说什么，心里却觉得不妙。

幸而再过了一天，四大娘再细心看那"布子"时，哈，有几处转成绿色了！而且绿的很有光彩。四大娘立刻告诉了丈夫，告诉了老通宝，多多头，也告诉了她的儿子小宝。她就把那些布子贴肉搵在胸前，抱着吃奶的婴孩似的静静儿坐着，动也不敢多动了。夜间，她抱着那五张布子到被窝里，把阿四赶去和多多头做一床。那布子上密密麻麻的蚕子儿贴着肉，怪痒痒的；四大娘很快活，又有点儿害怕，她第一次怀孕时胎儿在肚子里动，她也是那样半惊半喜的！

全家都是惴惴不安地又很兴奋地等候"收蚕"。只有多多头例外。他说：今年蚕花一定好，可是想发财却是命里不曾来。老通宝骂他多嘴，他还是要说。

蚕房早已收拾好了。"窝种"的第二天，老通宝拿一个大蒜头涂

---

① "窝种"也是老通宝乡里的习惯：蚕种转成绿色后就得把来贴肉搵养，约三四天后，蚕蚁孵出，就可以"收蚕"。这工作是女人做的。"窝"是方音，意即"搵"也。

上一些泥，放在蚕房的墙脚边；这也是年年的惯例，但今番老通宝更加虔诚，手也抖了。去年他们"卜"① 的非常灵验。可是去年那"灵验"，现在老通宝想也不敢想。

现在这村里家家都在"窝种"了。稻场上和小溪边顿时少了那些女人们的踪迹。一个"戒严令"也在无形中颁布了：乡农们即使平日是最好的，也不往来；客人来冲了蚕神不是玩的！他们至多在稻场上低声交谈一二句就走开。这是个"神圣"的季节。

老通宝家的三张布子上也有些"乌娘"② 蠕蠕地动了。于是全家的空气，突然紧张。那正是"谷雨"前一日。四大娘料来可以挨过了"谷雨"节那一天③。布子不须再"窝"了，很小心地放在"蚕房"里。老通宝偷眼看一下那个躺在墙脚边的大蒜头，他心里就一跳。那大蒜头上还只有一两茎绿芽！老通宝不敢再看，心里祷祝后天正午会有更多更多的绿芽。

终于"收蚕"的日子到了。四大娘心神不定地淘米烧饭，时时看饭锅上的热气有没有直冲上来。老通宝拿出预先买了来的香烛点起来，恭恭敬敬放在灶君神位前。阿四和阿多去到田里采野花。小宝帮着把灯芯草剪成细末子，又把采来的野花揉碎。一切都准备齐全了时，太阳也近午刻了，饭锅上水蒸气嘟嘟地直冲，四大娘立刻跳了起来，把"蚕花"④ 和一对鹅毛插在发髻上，就到"蚕房"里。

---

① 用大蒜头来"卜"蚕花好否，是老通宝乡里的迷信。收蚕前两三天，以大蒜涂泥置蚕房中。至收蚕那天拿来看，蒜叶多主蚕熟，少则不熟。

② 老通宝乡间称初生的蚕蚁为"乌娘"；这也是方音。

③ 老通宝乡里的习惯，"收蚕"——即收蚁，须得避过谷雨那一天，或上或下都可以，但不能正在谷雨那一天。什么理由，可不知道。

④ "蚕花"是一种纸花，预先买下来的。这些迷信的仪式，各处小有不同。

老通宝拿着秤杆，阿四拿了那揉碎的野花片儿和灯芯草碎末。四大娘揭开"布子"，就从阿四手里拿过那野花碎片和灯芯草末子撒在"布子"上，又接过老通宝手里的秤杆来，将"布子"挽在秤杆上，于是拔下发髻上的鹅毛在布子上轻轻儿拂；野花片，灯芯草末了，连同"乌娘"，都拂在那"蚕箪"里了。一张，两张……都拂过了；最后一张是洋种，那就收在另一个"蚕箪"里。末了，四大娘又拔下发髻上那朵"蚕花"，跟鹅毛一块插在"蚕箪"的边儿上。

这是一个隆重的仪式！千百年相传的仪式！那好比是誓师典礼，以后就要开始了一个月光景的和恶劣的天气和厄运以及和不知什么的连日连夜无休息的大决战！

"乌娘"在"蚕箪"里蠕动，样子非常强健；那黑色也是很正路的。四大娘和老通宝他们都放心地松一口气了。但当老通宝悄悄地把那个"命运"的大蒜头拿起来看时，他的脸色立刻变了！大蒜头上还只得三四茎嫩芽！天哪！难道又同去年一样？

三

然而那"命运"的大蒜头这次竟不灵验。老通宝家的蚕非常好！虽然头眠二眠的时候连天阴雨，气候是比"清明"边似乎还要冷一点，可是那些"宝宝"都很强健。

村里别人家的"宝宝"也都不差。紧张的快乐弥漫了全村庄，似那小溪里淙淙的流水也像是朗朗的笑声了。只有荷花家是例外；

她们家看了一张"布子"，可是"出火"①只称得二十斤；"大眠"快过人们还看见那不声不响晦气色的丈夫根生倾弃了三"蚕箪"在那小溪里。

这一件事，使得全村的妇人对于荷花家特别"戒严"。她们特地避路，不从荷花的门前走，远远的看见了荷花或是她那不声不响丈夫的影儿就赶快躲开；这些幸运的人儿唯恐看了荷花他们一眼或是交谈半句话就传染了晦气来！

老通宝严禁他的小儿子多多头跟荷花说话。——"你再跟那东西多嘴，我就告你忤逆！"老通宝站在廊檐外高声大气喊，故意要叫荷花他们听得。

小宝也受到严厉的嘱咐，不许跑到荷花家的门前，不许和他们说话。

阿多像一个聋子似的不理睬老头子那早早夜夜的唠叨，他心里却在暗笑。全家就只有他不大相信那些鬼禁忌。可是他也没有跟荷花说话，他忙都忙不过来。

"大眠"捉了毛三百斤，老通宝全家连十二岁的小宝也在内，都是两日两夜没有合眼。蚕是少见的好，活了六十岁的老通宝记得只有两次是同样的，一次就是他成家的那年，又一次是阿四出世那一年。"大眠"以后的"宝宝"第一天就吃了七担叶，个个是生青滚壮，然而老通宝全家都瘦了一圈，失眠的眼睛上布满了红丝。

谁也料得到这些"宝宝"上山前还得吃多少叶。老通宝和儿子

---

① "出火"也是方言，是指"二眠"以后的"三眠"；因为"眠"时特别短，所以叫"出火"。

阿四商量了：

"陈大少爷借不出，还是再求财发的东家罢?"

"地头上还有十担叶，够一天。"

阿四回答，他委实是支撑不住了，他一双眼皮有几百斤重，只想合下来。老通宝却不耐烦了，怒声喝道：

"说什么梦话！刚吃了两天老蚕呢。明天不算，还得吃三天，还要三十担叶，三十担!"

这时外边稻场上忽然人声喧闹，阿多押了新发来的五担叶来了。于是老通宝和阿四的谈话打断，都出去"捋叶"。四大娘也慌忙从蚕房里钻出来。隔溪陆家养的蚕不多，那大姑娘六宝抽得出工夫，也来帮忙了。那时星光满天，微微有点风，村前村后都断断续续传来了吆喝和欢笑，中间有一个粗暴的声音嚷道：

"叶行情飞涨了！今天下午镇上开到四洋一担!"

老通宝偏偏听得了，心里急得什么似的。四块钱一担，三十担可要一百二十块呢，他哪来这许多钱！但是想到茧子总可采五百多斤，就算五十块钱一百斤，也有这么二百五，他又心里一宽，那边"捋叶"的人堆里忽然又有一个小小的声音说：

"听说东路不大好，看来叶价钱涨不到多少的!"

老通宝认得这声音是陆家的六宝。这使他心里又一宽。

那六宝是和阿多同站在一个筐子边"捋叶"。在半明半暗的星光下，她和阿多靠得很近。忽然她觉得在那"杠条"① 的隐蔽下，有一只手在她大腿上拧了一把。好像知道是谁拧的，她忍住了不笑，也不声张。蓦

---

① "杠条"也是方言，指那些带叶的桑树枝条。通常采叶是连枝条剪下来的。

地那手又在她胸前摸了一把，六宝直跳起来，出惊地喊了一声：

"嗳哟！"

"什么事？"

同在那筐子边将叶的四大娘问了，抬起头来。六宝觉得自己脸上热烘烘了，她偷偷地瞪了阿多一眼，就赶快低下头，很快地将叶，一面回答：

"没有什么。想来是毛毛虫刺了我一下。"

阿多咬住了嘴唇暗笑。他虽然在这半个月来也是半饱而且少睡，也瘦了许多了，他的精神可还是很饱满。老通宝那种忧愁，他是永远没有的。他永不相信靠一次蚕花好或是田里熟，他们就可以还清了债再有自己的田；他知道单靠勤俭工作，即使做到背脊骨折断也是不能翻身的。但是他仍旧很高兴地工作着，他觉得这也是一种快活，正像和六宝调情一样。

第二天早上，老通宝就到镇里去想法借钱来买叶。临走前，他和四大娘商量好，决定把他家那块出产十五担叶的桑地去抵押。这是他家最后的产业。

叶又买来了三十担。第一批的十担发来时，那些壮健的"宝宝"已经饿了半点钟了。"宝宝"们尖出了小嘴巴，向左向右乱晃，四大娘看得心酸。叶铺了上去，立刻蚕房里充满着萨萨萨的响声，人们说话也不大听得清。不多一会儿，那些"团扁"里立刻又全见白了。于是又铺上厚厚的一层叶。人们单是"上叶"也就忙得透不过气来。但这是最后五分钟了。再得两天，"宝宝"可以上山，人们把剩余的精力榨出来拼死命干。

阿多虽然接连三日三夜没有睡，却还不见怎么倦。那一夜，就由他一个人在"蚕房"里守那上半夜，好让老通宝以及阿四夫妇都去歇一歇。那是个好月夜，稍稍有点冷。蚕房里熬了一个小小的火。阿多守到二更过，上了第二次的叶，就蹲在那个"火"旁边听那些"宝宝"萨萨萨地吃叶。渐渐儿他的眼皮合上了。恍惚听得有门响，阿多的眼皮一跳，睁开眼来看了看，就又合上了。他耳朵里还听得萨萨萨的声音和屑索屑索的怪声。猛然一个踉跄，他的头在自己膝头上磕了一下，他惊醒过来，恰就听得蚕房的芦帘拍叉一声响，似乎还看见有人影一闪。阿多立刻跳起来，到外面一看，门是开着，月光下稻场上有一个人正走向溪边去。阿多飞也似跳出去，还没看清那人是谁，已经把那人抓过来摔在地上。他断定了这是一个贼。

"多多头！打死我也不怨你，只求你不要说出来！"

是荷花的声音，阿多听真了时不禁浑身的汗毛都竖了起来。月光下他又看见那扁得作怪的白脸儿上一对细圆的眼睛定定地看住了他。可是恐怖的意思那眼睛里也没有。阿多哼了一声，就问道：

"你偷什么？"

"我偷你们的宝宝！"

"放到哪里去了？"

"我扔到溪里去了！"

阿多现在也变了脸色。他这才知道这女人的恶意是要冲克他家的"宝宝"。

"你真心毒呀！我们家和你们可没有冤仇！"

"没有么？有的，有的，我家自管蚕花不好，可并没害了谁，你们都是好的！你们怎么把我当作白老虎，远远地望见我就别转了脸？你们不把我当人看待！"

那妇人说着就爬了起来，脸上的神气比什么都可怕。阿多瞅着那妇人好半晌，这才说道：

"我不打你，走你的罢！"

阿多头也不回的跑回家去，仍在"蚕房"里守着。他完全没有睡意了。他看那些"宝宝"，都是好好的。他并没想到荷花可恨或可怜，然而他不能忘记荷花那一番话；他觉到人和人中间有什么地方是永远弄不对的，可是他不能够明白想出来是什么地方，或是为什么。再过一会儿，他就什么都忘记了。"宝宝"是强健的，像有魔法似的吃了又吃，永远不会饱！

以后直到东方快打白了时，没有发生事故。老通宝和四大娘来替换阿多了，他们拿那些渐渐身体发白而变短了的"宝宝"在亮处照着，看是"有没有通"。他们的心被快活胀大了。但是太阳出山时四大娘到溪边汲水，却看见六宝满脸严重地跑过来悄悄地问道：

"昨夜二更过，三更不到，我远远地看见那骚货从你们家跑出来，阿多跟在后面，他们站在这里说了半天话呢！四阿嫂！你们怎么不管事呀？"

四大娘的脸色立刻变了，一句话也没说，提了水桶就回家去，先对丈夫说了，再对老通宝说。这东西竟偷进人家"蚕房"来了，那还了得！老通宝气得直跺脚，马上叫了阿多来查问。但是阿多不承认，说六宝是做梦见鬼。老通宝又去找六宝询问。六宝是一口咬定了看见的。老通宝没有主意，回家去看那"宝宝"，仍然是很健康，瞧不出一些败相来。

但是老通宝他们满心的欢喜却被这件事打消了。他们相信六宝的话不会毫无根据。他们唯一的希望是那骚货或者只在廊檐口和阿多鬼混了一阵。

"可是那大蒜头上的苗却当真只有三四茎呀！"

老通宝自心里这么想，觉得前途只是阴暗。可不是，吃了许多叶去，一直落来都很好，然而上了山却干僵了的事，也是常有的。不过老通宝无论如何不敢想到这上头去；他以为即使是肚子里想，也是不吉利！

四

"宝宝"都上山了，老通宝他们还是捏着一把汗。他们钱都花光了，精力也绞尽了，可是有没有报酬呢，到此时还没有把握。虽则如此，他们还是硬着头皮去干。"山棚"下爇了火，老通宝和阿四他们伛着腰慢慢地从这边蹲到那边，又从那边蹲到这边。他们听得山棚上有些屑屑索索的细声音①，他们就忍不住想笑，过了一会儿又不听得了，他们的心就重甸甸地往下沉了。这样地，心是焦灼着，却不敢向山棚上望。偶或他们仰着的脸上淋到了一滴蚕尿了②，虽然觉得有点难过，他们心里却快活；他们巴不得多淋一些。

阿多早已偷偷地挑开"山棚"外围着的芦帘望过几次了。小宝看见，就扭住了阿多，问"宝宝"有没有做茧子。阿多伸出舌头做一个鬼脸，不回答。

---

① 蚕在山棚上受到热，就往"缀头"柴上爬，所以有屑索屑索的声音。这是蚕要做茧子时的第一步手续。爬不上去的，不是健康的蚕，多半不能做茧。
② 据说蚕在做茧以前必撒一泡尿，而这尿是黄色的。

"上山"后三天，熄火了。四大娘再也忍不住，也偷偷地挑开芦帘角看了一眼，她的心立刻卜卜地跳了。那是一片雪白，几乎连"缀头"都瞧不见；那是四大娘有生以来从没有见过的"好蚕花"呀！老通宝全家立刻充满了欢笑。现在他们一颗心定下来了！"宝宝"们有良心，四洋一担的叶不是白吃的；他们全家一个月的忍饿失眠总算不冤枉，天老爷有眼睛！

同样的欢笑声在村里到处都起来了。今年蚕花娘娘保佑这小小的村子。二三十人家都可以采到七八分。老通宝家更是比众不同，估量来总可以采一个十二三分。

小溪边和稻场上现在又充满了女人和孩子们。这些人都比一个月前瘦了许多，眼眶陷进了，嗓子也发沙，然而都很快活兴奋。她们嘈嘈地谈论那一个月内的"奋斗"时，她们的眼前便时时现出一堆堆雪白的洋钱，她们那快乐的心里便时时闪过了这样的盘算：夹衣和夏衣都在当铺里，这可先得赎出来；过端阳节也许可以吃一条黄鱼。

那晚上荷花和阿多的把戏也是她们谈话的资料。六宝见了人就宣传荷花的"不要脸，送上门去！"男人们听了就粗暴地笑着，女人们念一声佛，骂一句，又说老通宝家总算幸气，没有犯克，那是菩萨保佑，祖宗有灵！

接着是家家都"浪山头"了，各家的至亲好友都来"望山头"①。老通宝的亲家张财发带了小儿子阿九特地从镇上来到村里。他们带

---

① "浪山头"在熄火后一日举行，那时蚕已成茧，山棚四周的芦帘撤去。"浪"是"亮出来"的意思。"望山头"是来探望"山头"，有慰问祝颂的意思。"望山头"的礼物也有定规。

来的礼物，是软糕、线粉、梅子、枇杷，也有咸鱼。小宝快活得好像雪天的小狗。

"通宝，你是卖茧子呢，还是自家做丝?"

张老头子拉老通宝到小溪边一棵杨柳树下坐了，这么悄悄地问。这张老头子张财发是出名"会寻快活"的人，他从镇上城隍庙前露天的"说书场"听来了一肚子的疙瘩东西；尤其烂熟的，是《十八路反王，七十二处烟尘》，程咬金卖柴扒，贩私盐出身，瓦岗寨做反王的《隋唐演义》。他向来说话"没正经"，老通宝是知道的；所以现在听得问是卖茧子或者自家做丝，老通宝并没把这话看重，只随口回答道：

"自然卖茧子。"

张老头子却拍着大腿叹一口气。忽然他站了起来，用手指着村外那一片秃头桑林后面耸露出来的茧厂的风火墙说道：

"通宝! 茧子是采了，那些茧厂的大门还关得紧洞洞呢! 今年茧厂不开秤! ——十八路反王早已下凡，李世民还没出世；世界不太平! 今年茧厂关门，不做生意!"

老通宝忍不住笑了，他不肯相信。他怎么能够相信呢? 难道那"五步一岗"似的比露天毛坑还要多的茧厂会一齐都关了门不做生意? 况且听说和东洋人也已"讲拢"，不打仗了，茧厂里驻的兵早已开走。

张老头子也换了话，东拉西扯讲镇里的"新闻"，夹着许多"说书场"上听来的什么秦叔宝，程咬金。最后，他代他的东家催那三十块钱的债，为的他是"中人"。

然而老通宝到底有点不放心。他赶快跑出村去，看看"塘路"

上最近的两个茧厂，果然大门紧闭，不见半个人；照往年说，此时应该早已摆开了柜台，挂起了一排乌亮亮的大秤。

老通宝心里也着慌了，但是回家去看见了那些雪白发光很厚实硬古古的茧子，他又忍不住咧开了嘴。上好的茧子！会没有人要，他不相信。并且他还要忙着采茧，还要谢"蚕花利市"①，他渐渐不把茧厂的事放在心上了。

可是村里的空气一天一天不同了。才得笑了几声的人们现在又都是满脸的愁云。各处茧厂都没开门的消息陆续从镇上传来，从"塘路"上传来。往年这时候，"收茧人"像走马灯似的在村里巡回，今年没见半个"收茧人"，却换替着来了债主和催粮的差役。请债主们就收了茧子罢，债主们板起面孔不理。

全村子都是嚷骂，诅咒，和失望的叹息！人们做梦也不会想到今年"蚕花"好了，他们的日子却比往年更加困难。这在他们是一个青天的霹雳！并且愈是像老通宝他们家似的，蚕愈养得多，愈好，就愈加困难——"真正世界变了！"老通宝捶胸踩脚地没有办法。然而茧子是不能搁久了的，总得赶快想法：不是卖出去，就是自家做丝。村里有几家已经把多年不用的丝车拿出来修理，打算自家把茧做成了丝再说。六宝家也打算这么办。老通宝便也和儿子媳妇商量道：

"不卖茧子了，自家做丝！什么卖茧子，本来是洋鬼子行出来的！"

"我们有四百多斤茧子呢，你打算摆几部丝车呀！"

---

① 老通宝乡里的风俗，"大眠"以后得拜一次"利市"，采蚕以后，也是一次。经济窘的人家只举行了"谢蚕花利市"，"拜利市"也是方言，意即"谢神"。

四大娘首先反对了。她这话是不错的。五百斤的茧子可不算少，自家做丝万万干不了。请帮手么？那又得花钱。阿四是和他老婆一条心。阿多抱怨老头子打错了主意，他说：

"早依了我的话，扣住自己的十五担叶，只看一张洋种，多么好！"

老通宝气得说不出话来。

终于一线希望忽又来了。同村的黄道士不知从哪里得的消息，说是无锡脚下的茧厂还是照常收茧。黄道士也是一样的种田人，并非吃十方的"道士"，向来和老通宝最说得来。于是老通宝去找那黄道士详细问过了以后便又和儿子阿四商量把茧子弄到无锡脚下去卖。老通宝虎起了脸，像吵架似的嚷道：

"水路去有三十多九①呢！来回得六天！他妈的！简直是充军！可是你有别的办法么？茧子当不得饭吃，蚕前的债又逼紧来！"

阿四也同意了。他们去借了一条赤膊船，买了几张芦席，赶那几天正是好晴，便带了阿多。他们这卖茧子的"远征军"就此出发。

五天以后，他们果然回来了；但不是空船，船里还有一筐茧子没有卖出。原来那三十多九水路远的茧厂挑剔得非常苛刻：洋种茧一担只值三十五元，土种茧一担二十元，薄茧不要。老通宝他们的茧子虽然是上好的货色，却也被茧厂里挑剩了那么一筐，不肯收买。老通宝他们实卖得一百十一块钱，除去路上盘川，就剩了整整的一百元，不够偿还买青叶所借的债！老通宝路上气得生病了，两个儿

---

① 老通宝乡间计算路程都以"九"计；"一九"就是九里，"十九"是九十里，"三十多九"就是三十多个"九里"。

子扶他到家。

打回来的八九十斤茧子，四大娘只好自家做丝了。她到六宝家借了丝车，又忙了五六天。家里米又吃完了。叫阿四拿那丝上镇里去卖，没有人要；上当铺，当铺也不收。说了多少好话，总算把清明前当在那里的一石米换了出来。

就是这么着，因为春蚕熟，老通宝一村的人都增加了债！老通宝家为的养了五张布子的蚕，又采了十多分的好茧子，就此白赔上十五担叶的桑地和三十块钱的债！一个月光景的忍饿熬夜还都不算！

一九三二年十一月一日

选自《茅盾短篇小说集》

人民文学出版社，1980 年 4 月初版

作家的话 ◇◇

《春蚕》构思的过程大约是这样的：先是看到了帝国主义的经济侵略以及国内政治的混乱造成了那时的农村破产，而在这中间的浙江蚕丝业的破产和以育蚕为主要生产的农民的贫困，则又有其特殊原因——就是中国丝厂经在纽约和里昂受了日本丝的压迫而陷于破产……丝厂主和茧商（二者是一体的）为要苟延残喘便加倍剥削蚕农，以为补偿，事实上，在春蚕上簇的时候，茧商们的托拉斯组织已经定下了茧价，注定了蚕农的亏本，而在中间又有"叶行"（它和茧行也常常是一体）操纵叶价，加重剥削，结果是春蚕愈熟，蚕农愈困顿。从这一认识出发，算是《春蚕》的主题已经有了，其次便是处理人物，构造故事。

《我怎样写〈春蚕〉》

评论家的话 ◈

　　小说通过了一个典型的江南农家——老通宝及其儿孙们，因春蚕熟而债台筑的悲剧故事，不仅真实地反映了 20 世纪 30 年代初期江南农村经济的破产和蚕农们的悲剧命运，而且深刻地揭示了造成这一悲剧的根源：造成老通宝一家的破产，并不是他们不够勤劳能干，更不是"白虎星"荷花冲走了他家的财神爷，而是在帝国主义、封建主义、官僚资本主义的反动统治下，民族丝织业的破产，地主、高利贷者和"叶行"、"蚕利"的层层盘剥，以及名目繁多的苛捐杂税下，处于社会底层的广大蚕农的普遍命运。小说还塑造了老通宝这个老一代农民的典型，他的思想性格中包含了复杂的两面：一方面具有农民的勤劳善良、坚韧朴实的优秀品格；另一方面，长期的封建专制统治和小农经济的地位，也使他带有迷信、保守、恭顺等落后意识，这也是造成其命运悲剧的因素之一。小说也塑造了多多头等新一代农民的形象，展示了这新一代农民从觉醒到公开反抗的斗争道路。

　　　　　　　　　　　　　　　叶子铭：《谈谈茅盾的〈春蚕〉》

吴组缃
箓竹山房

吴组缃，原名吴祖襄，1908 年出生于安徽泾县。1929 年入北平清华大学经济系，后转入中文系。毕业后在清华研究院学习。1932 年参加反帝大同盟、社会科学研究会等团体，曾任冯玉祥的家庭教师和秘书。1942 年至原中央大学国文系任教。1947 年任南京金陵女子文理学院教授。1930 年起发表小说，著有短篇小说《一千八百担》，长篇小说《鸭嘴涝》等。20 世纪 50 年代后任清华大学、北京大学教授。1994 年 1 月 11 日去世。

阴历五月初十日和阿圆到家，止是南方的"火梅"天气：太阳和淫雨交替迫人，其苦况非身受者不能想象。母亲说，前些日子二姑姑托人传了口信来，问我们到家没有？说"我做姑姑的命不好，连侄儿侄媳也冷淡我"。意思之间，自然是要我和阿圆到她老人家那里去住些时候。

　　二姑姑家我只于年小时去过一次，至今十多年了。我连年羁留外乡，过的是电影电灯洋装书籍柏油马路的现代生活。每常想起家乡，就如记忆一个年远的传说一样。我脑中的二姑姑家，到现在更是模糊得如云如烟。那座阴森敞大的三进大屋，那间摊乱着雨蚀虫蛀的晦色古书的学房，以及后园中的池塘竹木，想起来都如依稀的梦境。

　　二姑姑的故事似一个旧传奇的仿本。她的红颜时代我自然没有见过，但从后来我所见到的她的风度上看来：修长的身材，清癯白皙的脸庞，尖狭而多睫毛的凄清的眼睛，如李笠翁所夸赞的那双尖瘦美丽的小足，以及沉默少言笑的阴暗调子，都和她的故事十分相称。

　　故事在这里不必说得太多。其实，我所知道的也就有限，因为家人长者都讳谈它。我所知道的一点点，都是日长月远，家人谈话中偶然流露出来，由零碎撷拾起来的。

　　多年以前，叔祖的学塾中有个聪明年少的门生，是个三代孤子；因为看见叔祖房里的幛幔，笔套，与一幅大云锦上的刺绣，绣的都是各种姿态的美丽蝴蝶，心里对这绣蝴蝶的人起了羡慕之情；而这绣蝴蝶的姑娘因为听叔祖常常夸说这人，心里自然也早就有了这人。这故事中的主人以后是乘一个怎样的机缘相见相识，我不知道，长辈们恐怕也少知道。在我所摭拾的零碎资料中，这以后便是这悲惨故事的顶峰：一个三春天气的午间，冷清的后园底太湖石洞中，祖母因看牡丹花，拿住了一对仓皇失措的系裤带的顽皮孩子。

这幕才子佳人的喜剧闹了出来，人人夸说的绣蝴蝶的小姐一时连丫头也要加以鄙夷。放佚风流的叔祖虽从中尽力撮合周旋，但当时究未成功。若干年后，扬子江中八月大潮，风浪陡作，少年赴南京应考，船翻身亡。绣蝴蝶的小姐那时是十九岁，闻耗后，在桂花树下自缢，为园丁所见，救活了，没死。少年家觉得这小姐尚有稍些可风之处，商得了女家同意，大吹大擂接小姐过去迎了灵柩；麻衣红绣鞋，抱着灵牌参拜家堂祖庙，做了新娘。

这故事要不是二姑姑的，并不多么有趣；二姑姑要没这故事，我们这次也就不致急于要去。

母亲自然是怂恿我们去。说我们是新结婚，也难得回家一次。二姑姑在家孤寂了一辈子，如今如此想念我们，这点子人情是不能不尽的。但是阿圆却有点怕我们家乡的老太太。这些老太太——举个例，就如我的大伯娘，她老人家就最喜欢搂阿圆在膝上喊宝宝，亲她的脸，咬她的肉，摩挲她的臂膊；又要我和她接吻给她老人家看。一得闲空，就托支水烟袋坐到我们房里来，盯着眼看守着我们作眯眯笑脸，满口反复地说些叫人脸红不好意思的夸美话。这种种啰唣，我倒不大在意；可是阿圆就老被窘得脸红耳赤，不知该往哪里躲。——因此，阿圆不愿去。

我知道弊病之所在，告诉阿圆二姑姑不是这种善于表现的快乐天真的老太太，而且我会投年轻姑娘之所好，照二姑姑原来的故事又编上了许多的动人的穿插，说得阿圆感动得红了眼睛叹长气。听说二姑姑决不会给她那种啰唆，她的不愿去的心就完全消除，再听了二姑姑的故事，有趣得如同线装书中看下来的一样；又想到借此可以暂时躲避家里的老太太；而且又知道金燕村中风景好，篆竹山房的屋舍阴凉宽敞。于是阿圆不愿去的心，变成急于要去了。

　　我说金燕村，就是二姑姑的村；篆竹山房就是二姑姑的家宅。沿着荆溪的石堤走，走的七八里地，回环合抱的山峦渐渐拥挤，两岸葱翠古老的槐柳渐密，溪中黯赭色的大石渐多，哗哗的水激石块声越听越近。这段溪，渐不叫荆溪，而是叫响潭。响潭的两岸，槐树柳树榆树更多更老更葱茏，两面缝合，荫罩着乱喷白色水沫的河面，一缕太阳光也洒不下来。沿着响潭两岸的树林中，疏疏落落点缀着二十多座白垩瓦屋；西岸上，紧临着响潭，那座白屋分外大；梅花窗的围墙上面露探着一丛竹子。竹子一半是绿色的；一半已开了花，变成槁色。——这座村子便是金燕村，这座大屋便是二姑姑的家宅篆竹山房。

　　阿圆是个都市中生长的小姐，从前只在中国山水画上见过的景致，一朝忽然身临其境，欣跃之情自然难言。我一时回想起平日见惯的西式房子，柏油马路，烟囱，工厂，等等，也觉得是重入梦境，作了许多缥缈之想。

　　二姑姑多年不见，显见得老迈了。

　　"昨天夜里结了三颗大灯花，今日喜鹊在屋脊上叫了三四次，我知道要来人。"

167

那只苍白皱褶的脸没多少表情。说话的语气，走路的步法，和她老人家的脸庞同一调子：阴暗，凄淡，迟钝。她引我们进到内屋里，自己蹒蹒颤颤地到房里去张罗果盘，吩咐丫头为我们打脸水——这丫头叫兰花，本是我家的丫头，三十多岁了。二姑姑陪嫁丫头死去后，祖父便拨了身边的这丫头来服侍姑姑，和姑姑做伴。她陪姑姑住守这所大房子已二十多年，跟姑姑念诗念经，学姑姑绣蝴蝶，她自己说不要成家的。

二姑姑说没指望我们来得如此快，房子都没打扫。领我们参观全宅，顺便叫我们自己拣一间合意的住。四个人分作三排走，姑姑在前，我俩在次，兰花在最后。阿圆蹈着姑姑的步子走，显见得拘束不自在，不时昂头顾我，作有趣的会意之笑。我们都无话说。

屋子高大，阴森，也是和姑姑的人相谐调的。石阶，地砖，柱础，甚至板壁上，都涂染着一层深深浅浅的黯绿，是苔尘。一种与陈腐的土木之气混合的霉气扑满鼻官。每一进屋的梁上都吊有淡黄色的燕窝；有的已剥落，只留有痕迹；有的正孵着雏儿，叫得分外响。

我们每走到一进房子，由兰花先上前开锁；因为除姑姑住的一头两间的正屋而外，其余每一间房每一道门都是上了锁的。看完了正屋，由侧门一条巷子走到花园中。邻着花园有一座雅致的房，门额上写着"邀月"两个八分字。百叶窗，古瓶式的门，门上也有明瓦纸的册叶小窗。我爱这地方近花园，较别处明朗清新得多，和姑姑说，我们就住在这间房。姑姑叫兰花开了锁，两扇门一推开，就噗噗落下两三只东西来：两只是壁虎，一只是蝙蝠。我们都怔了一怔。壁虎是悠悠地爬走了；兰花拾起那只大蝙蝠，轻轻放到墙隅里，呓语着似的念了一套怪话：

"福公公，你让让房，有贵客要住在这里。"

阿圆惊惶不安的样子，牵一牵我的衣角，意思大约是对着这些情景，不敢在这间屋里住。二姑姑年老还不失其敏感，不知怎样她老人家就窥知了阿圆的心事："不要紧。——这些房子，每年你姑爹回家时都打扫一次。停回，叫兰花再好好收拾，福公公虎爷爷都会让出去的。"

又说："这间邀月庐是你姑爹最喜欢的地方；去年你姑爹回来，叫我把它修葺一下。你看看，里面全是新崭崭的。"

我探身进去张看，兜了一脸蜘蛛网。里面果然是新崭崭的。墙上字画，桌上陈设，都很整齐。只是蒙上一层薄薄的尘灰罢了。

我们看兰花扎了竹叶把，拿了扫帚来打扫。二姑姑自回前进去了。阿圆用一个小孩子的神秘惊奇的表情问我："怎么说姑爹……"

兰花放下竹叶把，瞪着两只阴沉的眼睛低幽地告诉阿圆说：

"爷爷灵验得很啦，三朝两天来给奶奶托梦。我也常看见的，公子帽，宝兰衫，常在这园里走。"

阿圆扭着我的袖口，只是向着兰花的两只眼睛瞪看。兰花打扫好屋子，又忙着抱被褥毯子为我们安排床铺。里墙边原有一张檀木榻，榻几上面摆着一套围棋子，一盘瓷制的大蟠桃。把棋子蟠桃连同榻几拿去，铺上被席，便是我们的床了。二姑姑珊珊颤颤地走来，拿着一顶蚊帐给我们看，说这是姑爹用的蚊帐，是玻璃纱制的；问我们怕不怕招凉。我自然愿意要这顶凉快帐子，但是阿圆却望我瞪着眼，好像连这顶美丽的帐子也有可怕之处。

这屋子的陈设是非常美致的，只看墙上的点缀就知道。东墙上挂着四幅大锦屏，上面绣着"箓竹山房唱和诗"，边沿上密密齐齐的绣着各色的小蝴蝶，一眼看上去就觉得很灿烂。西墙上挂着一幅彩色的"钟馗捉鬼图"，两边有洪北江的"梅雪松风清几榻，天光云影护琴书"的对子。床榻对面的南墙上有百叶窗子，可看花园，窗下一书桌，桌上一个朱砂古瓶，瓶里插着马尾云拂。

我觉得这地方好。陈设既古色古香；而窗外一丛半绿半黄的修竹，和墙外隐约可听的响潭之水，越衬托得闲适恬静。

不久吃晚饭，我们都默然无话。我和阿圆是不知在姑姑面前该说些什么好；姑姑自己呢，是不肯多说话的。偌大屋子如一大座古墓，没一丝人声；只有堂厅里的燕子啾啾地叫。兰花向天井檐上张一张，自言自语地说：

"青姑娘还不回来呢！"

二姑姑也不答话，点点头。阿圆偷眼看看我。——其实我自己也正在纳闷着的。吃了饭，正洗脸，一只燕子由天井飞来，在屋里绕了一道，就钻进檐下的窝里去了。兰花停了碗，把筷子放在口沿上，低低的说：

"青姑娘，你到这时才回来。"悠悠地长叹一口气。

我释然，向阿圆笑笑；阿圆却不曾笑，只瞪着眼看兰花。

我说邀月庐清新明朗那是指日间而言；谁知这天晚上，大雨复作；一盏三支灯草的豆油檠摇晃不定；远远正屋里二姑姑兰花低幽地念着晚经，听来简直是"秋坟鬼唱鲍家诗"；加以外面雨声虫声风弄竹声合奏起一支很凄戾的交响曲，显得这周遭的确鬼趣殊多。也不知是循着怎样的一个线索，很自然地便和阿圆谈起《聊斋》的故事来。谈一回，她越靠紧我一些，两眼只瞪着西墙上的"钟馗捉鬼图"，额上鼻上渐渐全渍着汗珠。钟馗手下按着的那个鬼，披着发，撕开血盆口，露出两颗大獠牙，栩栩欲活。我偶然瞥一眼，也不由得一惊。这时觉得那钟馗，那恶鬼，姑姑，兰花，连同我们自己俩，都成了鬼故事中的人物了。

阿圆瑟缩地说："我想睡。"

她紧紧靠住我，我走一步，她走一步。睡到床上，自然很难睡着。不知辗转了多少时候，雨声渐止，月亮透过百叶窗，映照得满屋凄幽。一阵飒飒的风摇竹声后，忽然听得窗外有脚步之声。声音虽然轻微，但是入耳十分清楚。

"你……听见了……没有？"阿圆把头钻在我的腋下，喘息地低声问。

"……"我也不禁毛骨悚然。

那声音渐听渐近，没有了；换上的是低沉的戚戚声，如鬼低诉。阿圆已浑身汗濡。我咳了一声，声音突然寂止；听见这突然寂止，想起兰花日间所说的话，我也不由得不怕了。

半晌没有声息，紧张的心绪稍稍平缓，但是两人的神经都过分紧张，要想到梦乡去躲身，究竟不能办到。为要解除阿圆的恐怖，我找了些快乐高兴的话和她谈说。阿圆也就渐渐敢由我的腋下伸出头来了。我说："你想不想你的家？"

"想"。

"怕不怕了？"

"还有点怕。"

正答着话，她突然尖起嗓子大叫一声，搂住我，号啕，震抖，迫不成声：

"你……看…门上……"

我看门上——门上那个册叶小窗露着一个鬼脸，向我们张望；月光斜映，隔着玻璃纱帐看得分外明晰。说时迟，那时快。那个鬼脸一晃，就沉下去不见了。我不知从哪里涌上一股勇气，推开阿圆，三步跳去，拉开门。

门外是两个女鬼！！！

一个由通正屋的小巷窜远了；一个则因逃避不及，正在我的面前蹲着。

——"是姑姑吗?"

"唔——"幽沉的一口气。

我抹着额上的冷汗，不禁轻松地笑了。我说：

"阿圆，别怕了，是姑姑。"

朋友某君供给我这篇短文的材料，说是虽无意思，但颇有趣味；叫我写写看。我知道不会弄得好，果然，被我白白糟蹋了。

一九三二，十一月二十六日戏记

1933 年 1 月《清华周刊》第 38 卷第 12 期

评论家的话 ◈

《篆竹山房》的故事，特异而又不失之怪诞；人物行为，乖谬而又合于人情。不过少男少女之间的相悦相恋，因为"有伤风化"，加给一个女人以可怕的压迫，使这个人把自己活葬在古墓一般的篆竹山房，似人又复似鬼。这是现代人生中怪异和枯寂的一角，但仍然是"现代人生"——历史的交错造成的畸形人物与畸形生活。小说的前半，的确有几分像是"从线装书中看下来的一样"，俨若作者弄错了时代，硬让聊斋故事在现代背景上搬演了。小说写到"二鬼窥室"，怪异气氛的渲染到了极处，鬼气森森，令人毛骨为之悚然。却也正在这一瞬间，人物"还原"为最世俗的"人"。似乎生活在非现实的境界中的两个女人，表现出的是极其现实的欲望。这不是"鬼"的故事，而是"人"的故事，是不正常的生活方式导致人"性心理"变态的故事。气氛、情调愈近《聊斋》，性质则与《聊斋》愈远。写在这里的，是现代人以现代知识（主要是现代心理学知识）捕捉到的心理现象，是具有民主思想的知识分子以其现代意识映照出的人的心理变态。只不过为了自己的艺术目的，文字间颇"饶鬼趣"而已。

《箓竹山房》的结局无疑是喜剧性的，但读者实际感受到的却那样复杂，以至难以一下子表述清楚。这故事可笑吗？是的，可笑。这一对鬼主鬼奴居然尘念未泯，迫不及待地去窥探一对青年男女的性生活。但你又笑不出来——"后味"是苦涩的。呵，"人性"该是何等顽强的东西，即使埋进了"古墓"里，也仍然那样难以死灭！较之《天下太平》，甚至较之《卐字金银花》，这里的"意图"更加隐蔽。但这决不会妨碍读者去追究造成"畸形人生"的社会责任，不会妨碍他们大声地问出："谁之罪？"

　　赵园：《吴组缃及其同代作家——兼析〈箓竹山房〉》

艾　青
大堰河——我的保姆

　　艾青，1910 年出生于浙江金华，原名蒋正涵，号海澄。1928年初中毕业后，考入国立西湖艺术院绘画系。1929 年赴法国巴黎勤工俭学，专修绘画。1932 年初回国，在上海参加中国左翼美术家联盟，与同人组织"春地美术研究所"。1932 年 7 月被捕入狱，在狱中写成长诗《大堰河——我的保姆》，发表后轰动诗坛。1935 年 10 月出狱，结集出版《大堰河》。抗日战争全面爆发后，艾青创作了《向太阳》《他死在第二次》《火把》等长诗和《北方》《旷野》等诗集。1941 年赴延安，在鲁迅艺术文学院任教，著有长诗《毛泽东》《雪里钻》，诗集《黎明的通知》等。1949 年以后担任过《人民文学》副主编、中国作协副主席。1957 年"反右运动"中被划成"右派"，先后到黑龙江、新疆农场劳动。"文革"后获平反，重返诗坛，再次爆发创作活力，著有诗集《归来的歌》《彩色的诗》《域外集》等。还著有《诗论》《新诗论》等较有影响的诗论集。1996 年逝世于北京。

大堰河，是我的保姆。

她的名字就是生她的村庄的名字，

她是童养媳，

大堰河，是我的保姆。

我是地主的儿子；

也是吃了大堰河的奶而长大了的

大堰河的儿子。

大堰河以养育我而养育她的家，

而我，是吃了你的奶而被养育了的，

大堰河啊，我的保姆。

大堰河，今天我看到雪使我想起了你：

你的被雪压着的草盖的坟墓，

你的关闭了的故居檐头的枯死的瓦菲，

你的被典押了的一丈平方的园地，

你的门前的长了青苔的石椅，

大堰河，今天我看到雪使我想起了你。

你用你厚大的手掌把我抱在怀里，抚摸我；

在你搭好了灶火之后，

在你拍去了围裙上的炭灰之后，

在你尝到饭已煮熟了之后，

在你把乌黑的酱碗放到乌黑的桌子上之后，

在你补好了儿子们的为山腰的荆棘扯破的衣服之后，

在你把小儿被柴刀砍伤了的手包好之后，

在你把夫儿们的衬衣上的虱子一颗颗的掐死之后，

在你拿起了今天的第一颗鸡蛋之后，

你用你厚大的手掌把我抱在怀里，抚摸我。

我是地主的儿子，

在我吃光了你大堰河的奶之后，

我被生我的父母领回到自己的家里。

啊，大堰河，你为什么要哭？

我做了生我的父母家里的新客了！

我摸着红漆雕花的家具，

我摸着父母的睡床上金色的花纹，

我呆呆地看着檐头写着的我不认得的"天伦叙乐"的匾，

我摸着新换上的衣服的丝的和贝壳的纽扣，

我看着母亲怀里的不熟识的妹妹，

我坐着油漆过的安了火钵的炕凳，

我吃着碾了三番的白米的饭，

但，我是这般忸怩不安！因为我

我做了生我的父母家里的新客了。

大堰河，为了生活，

在她流尽了她的乳液之后，

她就开始用抱过我的两臂劳动了；

她含着笑，洗着我们的衣服，

她含着笑，提着菜篮到村边的结冰的池塘去，

她含着笑，切着冰屑悉索的萝卜，

她含着笑，用手掏着猪吃的麦糟，

她含着笑，扇着炖肉的炉子的火，

她含着笑，背了团箕到广场上去晒好那些大豆和小麦，

大堰河，为了生活，

在她流尽了她的乳液之后，

她就用抱过我的两臂，劳动了。

大堰河，深爱着她的乳儿；

在年节里，为了他，忙着切那冬米的糖，

为了他，常悄悄地走到村边的她的家里去，

为了他，走到她的身边叫一声"妈"，

大堰河，把他画的大红大绿的关云长贴在灶边的墙上，

大堰河，会对她的邻居夸口赞美她的乳儿；

大堰河曾做了一个不能对人说的梦：

在梦里，她吃着她的乳儿的婚酒，

坐在辉煌的结彩的堂上，

而她的娇美的媳妇亲切的叫她"婆婆"

…… ……

大堰河，深爱她的乳儿！

大堰河，在她的梦没有做醒的时候已死了。

她死时，乳儿不在她的旁侧，

她死时，平时打骂她的丈夫也为她流泪，

五个儿子，个个哭得很悲，

她死时，轻轻地呼着她的乳儿的名字，

大堰河，已死了，

她死时，乳儿不在她的旁侧。

大堰河，含泪的去了！

同着四十几年的人世生活的凌侮，

同着数不尽的奴隶的凄苦，

同着四块钱的棺材和几束稻草，

同着几尺长方的埋棺材的土地，

同着一手把的纸钱的灰，

大堰河，她含泪的去了。

这是大堰河所不知道的：

她的醉酒的丈夫已死去，

大儿做了土匪，

第二个死在炮火的烟里，

第三，第四，第五

在师傅和地主的叱骂声里过着日子。

而我，我是在写着给予这不公道的世界的咒语。

当我经了长长的飘泊回到故土时，

在山腰里，田野上，

兄弟们碰见时，是比六七年前更要亲密！

这，这是为你，静静的睡着的大堰河

所不知道的啊！

大堰河，今天，你的乳儿是在狱里，

写着一首呈给你的赞美诗，

呈给你黄土下紫色的灵魂，

呈给你拥抱过我的直伸着的手，

呈给你吻过我的唇，

呈给你泥黑的温柔的脸颜，

呈给你养育了我的乳房，

呈给你的儿子们，我的兄弟们，

呈给大地上一切的，

我的大堰河般的保姆和她们的儿子，

呈给爱我如爱她自己的儿子般的大堰河。

大堰河，

我是吃了你的奶而长大了的

你的儿子，

我敬你

爱你！

雪朝，十四，一，一九三三

选自《大堰河》

文化生活出版社 1939 年 8 月版

作家的话 ◈

　　我生下来以后，家里叫算命先生来排过八字，说我命"硬"、要"克"父母的，所以家里就作了两项决定：一项是绝对不许我叫父母为"爸爸"、"妈妈"，只许叫"叔叔"、"婶婶"……另一项是把我送给同村一个贫农妇女去哺乳寄养。这位做我奶娘的贫农妇女原是童养媳，连名字也没有的；因为她娘家在邻近的大叶荷村，所以大家都叫她大叶荷。大叶荷养我时，已是第五个孩子的母亲，奶水不多，加上自己还奶着一个和我差不多大的女孩，不多的奶水分给两个孩子，就更不够了。于是，她只得把自己的女孩溺死，专来哺育我。我觉得自己的生命，是从另外的一个孩子那里抢夺来的，一直总是十分愧疚和痛苦。这也使我很早就感染了农民的忧郁，成了个人道主义者。

　　五岁后，我被领回到自己家里。但我是那么地不习惯于地主家庭的生活，总觉得这只是我做客的人家，我的家就是大叶荷的家，所以常常偷偷儿溜到村边去看自己的奶娘。还记得领回家以后不久，我就进了本村的蒙馆读书。我很爱画画儿，有一次乱涂了一张关云长的像，我把它带着偷偷儿去送给奶娘，而她竟十分骄傲地把这幅大红大绿的画贴在灶边的墙壁上，奖赏我吃炒米糖。这种真诚的鼓励，既使我对画画儿发生了更大的兴趣，也使我幼小的心灵感受了大叶荷的善良、淳朴和真挚。我对大叶荷及她一家人产生了一种亲母子和亲兄弟般的深情厚意。后来我在国民党监狱里写的诗《大堰河——我的保姆》，就是献给我这位奶娘——我的母亲的，只不过我用上海话的谐音，把"大叶荷"改成"大堰河"了。

转引自骆寒超：《艾青论》

评论家的话 ◈

不仅因为他唱出了他自己所交往的，但依然是我们所能感受的一角人生，也因为他的歌唱总是通过他的脉脉滚动的情愫，他的言语不过于枯瘦也不过于喧哗，更没有纸花纸叶式的繁饰，平易地然而是气息鲜活地唱出了被现实生活所波动的他的情愫，唱出了被他的情愫所温暖的现实生活的几幅面影。

……至于《大堰河——我的保姆》，在这里有了一个用乳汁用母爱喂养别人的孩子，用劳力用忠诚服侍别人的农妇的形象，乳儿的作者用着朴素的真实的言语对这形象呈诉了切切的爱心。在这里他提出了对于"这不公道的世界"的诅咒，告白了他和被侮辱的兄弟们比以前"更要亲密"，虽然全篇流着私情的温暖，但他和我们中间已没有了难越的限界了。

胡风：《吹芦笛的诗人》

鲁 迅
二丑艺术

  鲁迅，原名周树人，字豫才，1881 年生于浙江绍兴的官宦人家，少年时代家道中落，饱受世态炎凉。早年读严复译赫胥黎《天演论》，接受进化论思想。1902 年东渡日本留学，在仙台医学专门学校读书时认识到文艺对改造国民精神的重要性，遂弃医从文。1906 年回到东京从事文学活动，积极译介世界弱小民族的文学，并加入革命团体光复会。1909 年回国，后应蔡元培邀请到教育部任职，不久随政府迁到北京，公余边整理古籍，边思考辛亥革命的历史教训。1918 年 5 月在新文化运动高潮中发表第一篇白话小说《狂人日记》，批判封建专制制度及其精神文化，对"人吃人"的现象作了深刻思考。接着又发表《孔乙己》《药》《阿 Q 正传》《祝福》《孤独者》等，几乎每发表一篇作品就开拓一个新的小说叙事空间，后结集成《呐喊》《彷徨》出版；同时期还创作了散文诗集《野草》、散文集《朝花夕拾》

和大量的杂文，为反抗内心的绝望和虚无而进行了痛苦的精神探索，为驱除现实社会形形色色的黑暗势力而展开了不懈的战斗。这期间还整理出版了学术著作《中国小说史略》。1926年离京南下，任厦门大学文科教授，次年1月抵广州任中山大学文科主任兼教务主任。1927年因抗议国民党屠杀进步学生，愤而辞去一切职务，并在血的教训下彻底抛弃进化论，转向马克思主义。1927年10月起定居上海。曾参加中国左翼作家联盟的发起和领导工作，以杂文为武器，团结起大批追求进步的文学青年，深刻批判了国民党文化专制主义和形形色色的社会腐朽力量，成为中国现代知识分子良知的一面光辉旗帜。晚年所著的杂文集有《而已集》《二心集》《三闲集》等十多种，另有历史小说集《故事新编》，通信集《两地书》等。1936年因肺疾在上海逝世。有《鲁迅全集》16卷、《鲁迅译文集》等。

浙东的有一处的戏班中，有一种脚色叫作"二花脸"，译得雅一点，那么，"二丑"就是。他和小丑的不同，是不扮横行无忌的花花公子，也不扮一味仗势的宰相家丁，他所扮演的是保护公子的拳师，或是趋奉公子的清客。总之：身份比小丑高，而性格却比小丑坏。

义仆是老生扮的，先以谏净，终以殉主；恶仆是小丑扮的，只会作恶，到底灭亡。而二丑的本领却不同，他有点上等人模样，也懂些琴棋书画，也来得行令猜谜，但倚靠的是权门，凌蔑的是百姓，有谁被压迫了，他就来冷笑几声，畅快一下，有谁被陷害了，他又去吓唬一下，吆喝几声。不过他的态度又并不常常如此的，大抵一面又回过脸来，向台下的看客指出他公子的缺点，摇着头装起鬼脸道：你看这家伙，这回可要倒楣哩！

这最末的一手，是二丑的特色。因为他没有义仆的愚笨，也没有恶仆的简单，他是智识阶级。他明知道自己所靠的是冰山，一定不能长久，他将来还要到别家帮闲，所以当受着豢养，分着余炎的时候，也得装着和这贵公子并非一伙。

二丑们编出来的戏本上，当然没有这一种脚色的，他那里肯；小丑，即花花公子们编出来的戏本，也不会有，因为他们只看见一面，想不到的。这二花脸，乃是小百姓看透了这一种人，提出精华来，制定了的脚色。

世间只要有权门，一定有恶势力，有恶势力，就一定有二花脸，而且有二花脸艺术。我们只要取一种刊物，看他一个星期，就会发现他忽而怨恨春天，忽而颂扬战争，忽而译萧伯纳演说，忽而讲婚姻问题；但其间一定有时要慷慨激昂的表示对于国事的不满：这就是用出末一手来了。

这最末的一手，一面也在遮掩他并不是帮闲，然而小百姓是明白的，早已使他的类型在戏台上出现了。

六月十五日

选自《鲁迅全集》第 5 卷

人民文学出版社 1981 年版

作家的话 ◈

我之所以投稿，一是为了朋友的交情，一则在给寂寞者以呐喊，也还是由于自己的老脾气。然而我的坏处，是在论时事不留面子，砭锢弊常取类型，而后者尤与时宜不合。盖写类型者，于坏处，恰如病理学上的图，假如是疮疽，则这图便是一切某疮某疽的标本，或和某甲的疮有些相像，或和某乙的疽有点相同。而见者不察，以为所画的只是他某甲的疮，无端侮辱，于是就必欲制你画者的死命了。

《〈伪自由书〉前记》

评论家的话 ◈

急遽的剧烈的社会斗争，使作家不能够从容地把他的思想和情感熔铸到创作里去，表现在具体的形象和典型里；同时，残酷的强暴的压力，又不容许作家的言论采取通常的形式。作家的幽默才能，就帮助他用艺术的形式来表现他的政治立场，他的深刻的对于社会

的观察，他的热烈的对于民众斗争的同情。不但这样，这里反映着
"五四"以来中国的思想斗争的历史。杂感这种文体，将要因为鲁迅
而变成文艺性的论文（阜利通——feuilleton）的代名词。

瞿秋白：《〈鲁迅杂感选集〉序言》

艾 芜
山 峡 中

艾芜，原名汤道耕。1904 年出生，四川新繁（今四川新都）人。年轻时因不满旧式学校教育和包办婚姻而离家出走，在昆明、缅甸、马来西亚、新加坡等地漂泊，做过杂役、伙计、报馆校对、小学教师、编辑等。后因参加缅甸的革命活动，被英国殖民当局遣送回国。1931 年到上海。次年参加中国左翼作家联盟，开始发表小说，创作题材多为西南边疆地区的人情风土，文字清丽，风格浪漫，似流浪汉小说。代表作有小说集《南行记》。1992 年病故于成都。有《艾芜文集》10 卷。

江上横着铁链作成的索桥，巨蟒似的，现出顽强古怪的样子，终于渐渐吞蚀在夜色中了。

桥下凶恶的江水，在黑暗中奔腾着，咆哮着，发怒地冲打崖石，激起吓人的巨响。

两岸蛮野的山峰，好像也在怕着脚下的奔流，无法避开一样，都把头尽量地躲入疏星寥落的空际。

夏天的山中之夜，阴郁，寒冷，怕人。

桥头的神祠，破败而荒凉的，显然已给人类忘记了，遗弃了，孤零零地躺着，只有山风、江流送着它的余年。

我们这几个被世界抛却的人们，到晚上的时候，趁着月色星光，就从远山那边的市集里，悄悄地爬了下来，进去和残废的神们，一块儿住着，作为暂时的自由之家。

黄黑斑驳的神龛面前，烧着一堆煮饭的野火，跳起熊熊的红光，就把伸手取暖的阴影，鲜明地绘在火堆的周遭。上面金衣剥落的江神，虽也在暗淡的红色光影中，显出一脚踏着龙头的悲壮样子，但人一看见那只扬起的握剑的手，是那么地残破，危危欲坠了。谁也要怜惜他这位末路英雄的。锅盖的四围，呼呼地冒出白色的蒸气，咸肉的香味和着松柴的芬芳，一时到处弥漫起来。这是宜于哼小曲、吹口哨的悠闲时候，但大家都是静默地坐着，只在暖暖手。

另一边角落里，燃着一节残缺的蜡烛，摇曳地吐出微黄的光辉，展画出另一个暗淡的世界。没头的土地菩萨侧边，躺着小黑牛，污腻的上身完全裸露出来，正无力地呻唤着，衣和裤上的血迹，有的干了，有的还是湿渍渍的。夜白飞就坐在旁边，给他揉着腰杆，擦着背，一发现重伤的地方，便惊讶地喊：

"呵呀，这一处！"

接着咒骂起来：

"他妈的！这地方的人，真毒！老子走尽天下，也没碰见过这些吃人的东西！……这里的江水也可恶，像今晚要把我们冲走一样！"

夜愈静寂，江水也愈吼得厉害，地和屋宇和神龛都在震颤起来。

"小伙子，我告诉你，这算什么呢？对待我们更要残酷的人，天底下还多哩，……苍蝇一样的多哩！"

这是老头子不高兴的声音，由那薄暗的地方送来，仿佛在责备着，"你为什么要大惊小怪哪！"他躺在一张破烂虎皮的毯子上面，样子却望不清楚，只是铁烟管上的旱烟，现出一明一暗的红焰。复又吐出教训的话语：

"我么？人老了，拳头棍棒可就挨得不少。……想想看，吃我们这行饭，不怕挨打就是本钱哪！……没本钱怎么做生意呢？"

在这边烤火的鬼冬哥把手一张，脑袋一仰，就大声插嘴过去，一半是讨老人的好，一半是夸自己的狠。

"是啊，要活下去。我们这批人打断腿子倒是常有的事情，……你们看，像那回在鸡街，鼻血打出了，牙齿打脱了，腰杆也差不多伸不起来了，我回来的时候，不是还在笑吗？……"

"对啊！"老头子高兴地坐了起来，"还有，小黑牛就是太笨了，嘴巴又不会扯谎，有些事情一说就说脱了的，……像今天，你说，也掉东西，谁还拉着你哩？……只晓得说'不是我，不是我'就是这一句，人家怎不搜你身上呢？……不怕挨打，也好嘛！……呻唤，呻唤，尽是呻唤！"

我虽是没有就着火光看书了，但却仍旧把书拿在手里的。鬼冬哥得了老头子的赞许，就动手动脚起来，一把抓着我的书喊道：

"看什么？书上的废话，有什么用呢？一个钱也不值，……烧起来还当不得这一根干柴。……听，老人家在讲我们的学问哪！"

一面就把一根干柴，送进火里。

老头子在砖上叩去了铁烟管上的余烬，很矜持地说道：

"我们的学问，没有写在纸上，……写来给傻子读么？……第一……一句话，就是不怕和扯谎！……第二……我们的学问，哈哈哈。"

似乎一下子觉出了，我才同他合伙没久的，便用笑声掩饰着要更深一层的话了。

"烧了吧，烧了吧，你这本傻子才肯读的书！"

鬼冬哥作势要把书抛进火里去，我忙抢着喊：

"不行！不行！"

侧边的人就叫了起来：

"锅碰倒了！锅碰倒了！"

"同你的书一块去跳江吧！"

鬼冬哥笑着把书丢给了我。

老头子轻徐地向我说道：

"你高兴同我们一道走，还带那些书做什么呢？……那是没用的，小时候我也读过一两本。"

"用处是不大的，不过闲着的时候，看看罢了，像你老人家无事的时候吸烟一样。……"

我不愿同老头子引起争论，因为就有再好的理由也说不服他这顽强的人的，所以便这样客气地答复他。他得意地笑了，笑声在黑暗中散播着。至于说到要同他们一道走，我却没有如何决定，只是一路上给生活压来说气忿话的时候，老头子就误以为我真的要入伙了。今天去干的那一件事，无非由于他们的逼迫，凑凑角色罢了，并不是另一个新生活的开始。我打算趁此向老头子说明，也许不多几天，就要独自走我的，但却给小黑牛突然一阵猛烈的呻唤打断了。

大家皱着眉头沉默着。

在这些时候，不息地打着桥头的江涛，仿佛要冲进庙来，扫荡一切似的。江风也比往天晚上大些，挟着尘沙，一阵阵地滚入，简直要连人连锅连火吹走一样。

残烛熄灭，火堆也闷着烟，全世界的光明，统给风带走了，一切重返于无涯的黑暗。只有小黑牛痛苦的呻吟，还表示出了我们悲惨生活的存在。

野老鸦拨着火堆，尖起嘴巴吹，闪闪的红光，依旧喜悦地跳起，周遭不好看的脸子，重又画出来了。大家吐了一口舒适的气。野老鸦却是流着眼泪了，因为刚才吹的时候，湿烟熏着了他的眼睛，他伸手揉揉之后，独自悠悠地说：

"今晚的大江，吼得这么大……又凶，……像要吃人的光景哩，该不会出事吧……"

大家仍旧沉默着。外面的山风江涛，不停地咆哮，不停地怒吼，好像诅咒我们的存在似的。

小黑牛突然大声地呻唤，发出痛苦的呓语：

"哎呀，……哎……害了我了……害了我了，……哎呀……哎呀……我不干了！我不……"

替他擦着伤处的夜白飞，点燃了残烛，用一只手挡着风，照映出小黑牛打坏了的身子——正痉挛地做出要翻身不能翻的痛苦光景，就赶快替他往腰部揉一揉，狠狠地抱怨他：

"你在说什么？你……鬼附着你哪！"

同时掉头回去，恐怖地望望黑暗中的老头子。

小黑牛突地翻过身，沙声嘶叫：

"你们不得好死的！你们！……菩萨！菩萨呀！"

已经躺下的老头子突然坐了起来，轻声说道：

"这样吗？……哦……"

忽又生气了，把铁烟管用力地往砖上叩了一下，说：

"菩萨，菩萨，菩萨也同你一样的倒楣！"

交闪在火光上面的眼光，都你望我我望你地，现出不安的神色。

野老鸦向着黑暗的门外看了一下，仍旧静静地说：

"今晚的江水实在吼得太大了！……我说嘛……"

"你说，……你一开口，就是吉利的！"

鬼冬哥粗暴地盯了野老鸦一眼，狠狠地诅咒着。

一阵风又从破门框上刮了进来，激起点点红艳的火星，直朝鬼冬哥的身上迸射。他赶快退后几步，向门外黑暗中的风声，扬着拳头骂：

"你进来！你进来！……"

神祠后面的小门一开，白色鲜朗的玻璃灯光和着一位油黑脸蛋的年轻姑娘，连同笑声，挤进我们这个暗淡的世界里来了。黑暗、沉闷和忧郁，都悄悄地躲去。

"喂，懒人们！饭煮得怎样了？……孩子都要饿哭了哩！"

一手提灯，一手抱着一块木头人儿，亲昵地偎在怀里，做出母亲那样高兴的神情。

蹲着暖手的鬼冬哥把头一仰，手一张，高声哗笑起来：

"哈呀，野猫子，……一大半天，我说你在后面做什么？……你原来是在生孩子哪！……"

"呸，我在生你！"

接着啵的响了一声，野猫子生气了，眣起原来就是很大的乌黑眼睛，把木人儿打在鬼冬哥的身旁；一下子冲到火堆边上，放下了灯，揭开锅盖，用筷子查看锅里翻腾滚沸的咸肉。白蒙蒙的蒸气，便在雪亮的灯光中，袅袅地上升着。

鬼冬哥拾起木人儿，做模做样地喊道：

"呵呀，……尿都跌出来了！……好狠毒的妈妈！"

野猫子不说话，只把嘴巴一尖，头颈一伸，向他做个顽皮的鬼脸，就撕着一大块油腻腻的肉，有味地嚼她的。

小骡子用手肘碰碰我，斜起眼睛打趣说：

"今天不是还在替孩子买衣料吗？"

接着大笑起来。

"嘿嘿，……酒鬼……嘿嘿，酒鬼。"

鬼冬哥也突地记起了，哗笑着，向我喊：

"该你抱！该你抱！"

就把木人儿递在我的面前。

野猫子将锅盖骤然一盖，抓着木人儿，抓着灯，像风一样蓦地卷开了。

小骡子的眼珠跟着她的身子溜，点点头说：

"活像哪，活像哪，一条野猫子！"

她把灯，木人儿，和她自己，一同蹲在老头子的面前，撒娇地说：

"爷爷，你抱抱！娃儿哭哩！"

老头子正生气地坐着，虎着脸，耳根下的刀痕，绽出红涨的痕迹，不答理他的女儿。女儿却不怕爸爸的，就把木人儿的蓝色小光头，伸向短短的络腮胡上，顽皮地乱闯着，一面呶起小嘴巴，娇声娇气地说：

"抱，嗯，抱，一定要抱！"

"不！"

老头子的牙齿缝里挤出这么一声。

"抱，一定要抱，一定要，一定！"

老头子在各方面，都很顽强的，但对女儿却每一次总是无可如何地屈服了。接着木人儿，对在鼻子尖上，眐大眼睛，粗声粗气地打趣道：

"你是哪个的孩子？……喊声外公吧！喊，蠢东西！"

"不给你玩！拿来，拿来！"

野猫子一把抓去了，气得翘起了嘴巴。

老头子却粗暴地哗笑起来。大家都感到了异常的轻松，因为残留在这个小世界里的怒气，这一下子也已完全冰消了。

我只把眼光放在书上，心里却另外浮起了今天那一件新鲜而有趣的事情。

早上，他们叫我装作农家小子，拿着一根长烟袋，野猫子扮成农家小媳妇，提着一只小竹篮，同到远山那边的市集里，假作去买东西。他们呢，两个三个地远远尾在我们的后面，也装作忙忙赶市的样子。往日我只是留着守东西，从不曾伙他们去干的，今天机会一到，便逼着扮演一位不重要的角色，可笑而好玩地登台了。

山中的市集，也很热闹的，拥挤着许多远地来的庄稼人。野猫子同我走到一家布摊子的面前，她就把竹篮子套在手腕上，乱翻起摊子上的布来，选着条纹花的说不好，选着棋盘格的也说不好，惹得老板也感到烦厌了。最后她扯出一匹蓝底白花的印花布，喜孜孜地叫道：

"呵呀，这才好看哪！"

随即掉转身来，仰起乌溜溜的眼睛，对我说：

"爸爸，……买一件给阿狗吧！"

我简直想笑起来——天呀，她怎么装得这样像，幸好始终板起了面孔，立刻记起了他们教我的话。

"不行，太贵了！……我没那样多的钱花！"

"酒鬼，我晓得！你的钱，是要喝马尿水的！"

同时在我的鼻尖上，竖起一根示威的指头，点了两点。说完就一下子转过身去，气狠狠地把布丢在摊子上。

于是，两个人就小小地吵起嘴来了。

满以为狡猾的老板总要看我们这幕滑稽剧的，哪知道他才是见惯不惊了，眼睛始终照顾着他的摊子。

野猫子最后赌气说：

"不买了，什么也不买了！"

一面却向对面街边上的货摊子望去。突然做出吃惊的样子，低声地向我也是向着老板喊：

"呀！看，小偷在摸东西哪！"

我一望去，简直吓灰了脸，怎么野猫子会来这一着？在那边干的人不正是夜白飞、小黑牛他们吗？

然而，正因为这一着，事情却得手了。后来，小骡子在路上告诉我，就是在这个时候，狡猾的老板始把时时刻刻都在提防的眼光引向远去，他才趁势偷去一匹上好的细布的。当时我却不知道，只听得老板幸灾乐祸地袖着手说：

"好呀！好呀！王老三，你也倒楣了！"

我还呆着看，野猫子便揪了我一把，喊道：

"酒鬼，死了么？"

我便跟着她赶快走开，却听着老板在后面冷冷地笑着，说风凉话哩。

"年纪轻轻，就这样的泼辣！咳！"

…… ……

野猫子掉回头啐了一口。

"看进去了！看进去了！"

鬼冬哥一面端开炖肉的锅，一面打趣着我。

于是，我的回味，便同山风刮着的火烟，一道儿溜走了。

中夜，纷乱的脚声和嘈杂的低语，惊醒了我；我没有翻爬起来，只是静静地睡着。像是野猫子吧？走到我所睡的地方，站了一会，小声说道：

"睡熟了，睡熟了。"

我知道一定有什么瞒我的事在发生着，心里禁不住惊跳起来，但却不敢翻动，只是尖起耳朵凝神地听着。忽然听见夜白飞哀求的声音，在暗黑中颤抖地说着：

"这太残酷了，太，太残酷了……魏大爷，可怜他是……"

尾声低小下去，听着的只是夜深打岸的江涛。

接着老头子发出钢铁一样的高音，叱责着。

"天底下的人，谁可怜过我们？……小伙子，个个都对我们捏着拳头哪！要是心肠软一点，还活得到今天吗？你……哼，你！小伙子，在这里，懦弱的人是不配活的。……他，又知道我们的……咳，那么多！怎好白白放走呢？"

那边角落里躺着的小黑牛，似乎被人抬了起来，一路带着痛苦的呻唤和着杂沓的脚步，流向神祠的外面去。一时屋里静悄悄的了，简直空洞得十分怕人。

我轻轻地抬起头，朝破壁缝中望去，外面一片清朗的月色，已把山峰的姿影、崖石的面部和林木的参差，或浓或淡地画了出来，更显着峡壁的阴影和凄郁，比黄昏时候看起来还要怕人些。山脚底，汹涌着一片蓝色的奔流，碰着江中的石礁，不断地在月光中，溅跃起、喷射起银白的水花。白天，尤其黄昏的时候，看起来像是顽强古怪的铁索桥呢，这时却在皎洁的月下，露出妩媚的修影了。

老头子和野猫子站在桥头。影子投在地上。江风掠飞着他们的衣裳。

另外抬着东西的几个阴影，走到索桥的中部，便停了下来。蓦地一个人那么样的形体，很快地丢下江去。原先就是怒吼着的江涛，却并没有因此激起一点另外的声息，只是一霎时在落下处，跳起了

197

丈多高亮晶晶的水珠，然而也就马上消灭了。

我明白了，小黑牛已经在这世界上凭借着一只残酷的巨手，完结了他的悲惨的命运了。但他往天那样老实而苦恼的农民样子，却还遗留在我的心里，搅得我一时无法安睡。

他们回来了。大家都是默无一语地悄然睡下，显见得这件事的结局是不得已的，谁也不高兴做的。

在黑暗中，野老鸦翻了一个身，自言自语地低声说道：

"江水实在吼得太大了！"

没有谁答一句话，只有庙外的江涛和山风，鼓噪地应和着。

我回忆起小黑牛坐在坡上歇气时，常常爱说的那一句话了。

"那多好呀！……那样的山地！……还有那小牛！"

随着他那忧郁的眼睛，瞭望去，一定会在晴明的远山上面，看出点点灰色的茅屋和正在缕缕升起的蓝色轻烟的。同伴们也知道，他是被那远处人家的景色，勾引起深沉的怀乡病了，但却没有谁来安慰他，只是一阵地瞎打趣。

小骡子每次都爱接着他的话说：

"还有那白白胖胖的女人啰！"

另一人插嘴道：

"正在张太爷家里享着福哪，吃好穿好的。"

小黑牛呆住了，默默地低下了头。

"鬼东西，总爱提这些！……我们打几盘再走吧？牌呢？牌呢？……谁捡着？"

夜白飞始终袒护着小黑牛；众人知道小黑牛的悲惨故事，也是由他的嘴巴传达出来的。

"又是在想，又是在想！你要回去死在张太爷的拳头下才好的！……同你的山地牛儿一块去死吧！"

鬼东哥在小黑牛的鼻尖上示威似的摇一摇拳头，就抽身到树荫下打纸牌去了。

小黑牛在那个世界躲开了张太爷的拳击，掉过身来在这个世界里，却仍然又免不了江流的吞食。我不禁就由这想起，难道穷苦人的生活本身，便原是悲痛而残酷的么？也许地球上还有另外的光明留给我们的吧？明天我终于要走了。

次晨醒来，只有野猫子和我留着。

破败凋残的神祠，尘灰满积的神龛，吊挂蛛网的屋角，俱如我枯燥的心地一样，是灰色的、暗淡的。

除却时时刻刻都在震人心房的江涛声而外，在这里简直可以说没有一样东西使人感到兴奋了。

野猫子先我起来，穿着青花布的短衣，大脚统的黑绸裤，独自生着火，炖着开水，悠悠闲闲地坐在火旁边唱着：

……

江水呵，

慢慢流，

流呀流，

流到东边大海头，

……

我一面爬起来扣着衣纽，听着这样的歌声，越发感到岑寂。便没精打采地问（其实自己也是知道的）：

"野猫子，他们哪里去了？"

“发财去了!”

接着又唱她的。

那儿呀，没有忧!

那儿呀，没有愁!

她见我不时朝昨夜小黑牛睡的地方瞭望，便打探似的说道：

“小黑牛昨夜可真叫得凶，大家都吵来睡不着。”

一面闪着她乌黑的狡猾的眼睛。

“我没听见。”

打算听她再捏造些什么话，便故意这样回答。

她便继续说：

“一早就抬他去医伤去了! ……他真是个该死的家伙，不是爸爸估着他，说他好，他还不去呢!”

她比着手势，很出色地形容着，好像真有那么一回事一样。

刚在火堆边坐着的我，简直感到忿怒了，便低下头去，用干枝拨着火冷冷地说：

“你的爸爸，太好了，太好了! ……可惜我却不能多跟他老人家几天了。”

“你要走了吗?”她吃了一惊，随即生气地骂道，“你也想学小黑牛了!”

“也许……不过……”

我一面用干枝划着灰，一面犹豫地说。

“不过什么? 不过! ……爸爸说的好，懦弱的人，一辈子只有给人踏着过日子的。……伸起腰杆吧! 抬起头吧! ……羞不羞哪，像小黑牛那样子!”

"你的爸爸，说的话，是对的，做的事，却错了！"

"为什么？"

"你说为什么？……并且昨夜的事情，我通通看见了！"

我说着，冷冷的眼光浮了起来。看见她突然变了脸色，但又一下子恢复了原状，而且狡猾地说着："嘿嘿，就是为了这才要走吗？你这不中用的！"

马上揭开开水罐子看，气冲冲地骂：

"还不开！还不开！"

蓦地像风一样卷到神殿后面去，一会儿，抱了一抱干柴出来。一面拨大火，一面柔和地说：

"害怕吗？要活下去，怕是不行的。昨夜的事，多着哩，久了就会见惯了的……是吗？规规矩矩地跟我们吧，……你这阿狗的爹，哈哈哈！"

她狂笑起来，随即抓着昨夜丢下了的木人儿，顽皮地命令我道：

"木头，抱，抱，他哭哩！"

我笑了起来，但却仍然去整顿我的衣衫和书。

"真的要走么？来来来，到后面去！"

她的两条眉峰一竖，眼睛露出恶毒的光芒，看起来，却是又美丽又可怕的。

她比我矮一个头，身子虽是结实，但却总是小小的，一种好奇的冲动作弄着我：于是无意识地笑了一下，便尾着她到后面去了。

她从柴草里抓出一把雪亮的刀来，半张不理地递给我，斜瞬着狡猾的眼睛，命令道："试试看，哪，你砍这棵树！"

我由她摆布，接着刀，照着面前的黄桷树，用力砍去，结果只砍了半寸多深。因为使刀的本事，我原是不行的。

"让我来！"

她突地活跃了起来，夺去了刀，做出一个侧面骑马的姿势，很结实地一挥，喳的一刀，便没入树身三四寸的光景，又毫不费力地拔了出来，依旧放在柴草里面，然后气昂昂地走来我面前，两手叉在腰上，微微地噘起嘴巴，笑嘻嘻地嘲弄我：

"你怎么走得脱呢？……你怎么走得脱呢？"

于是，在这无人的山中，我给这位比我小块的野女子窘住了。正还打算这样地回答她：

"你的爸爸会让我走的！"

但她却忽然抽身跑开了，一面高声唱着，仿佛奏着凯旋一样：

这儿呀，也没有忧，

这儿呀，也没有愁。

……

我慢步走到江边去，无可奈何地徘徊着。

峰尖浸着粉红的朝阳。山半腰，抹着一两条淡淡的白雾。崖头苍翠的树丛，如同雨洗后一样的鲜绿。峡里面，到处都流溢着清新的晨光。江水仍旧发着吼声，但却没有夜来那样的怕人。清亮的波涛，碰到嶙峋的石上，溅起万朵灿然的银花，宛若江在笑着一样。谁能猜到这样美好的地方，曾经发生过夜来那样可怕的事情呢？

午后，在江流的澎湃中，迸裂出马铃子连击的声响，渐渐强大起来。野猫子和我都感到非常的诧异，赶快跑出去看。久无人行的索桥那面，从崖上转下来一小队人，正由桥上走了过来。为首的一个胖家伙，骑着马，十多个灰衣的小兵，尾在后面。还有两三个行李挑子，和一架坐着女人的滑竿。

"糟了！我们的对头呀！"

野猫子恐慌起来，我却故意喜欢地说道：

"那么，是我的救星了！"

野猫子狠狠地看了我一眼，把嘴唇紧紧地闭着，两只嘴角朝下一弯，傲然地说：

"我还怕么？……爸爸说，我们原是在刀上过日子哪！迟早总有那么一天的。"

他们一行人来到庙前，便歇了下来。老爷和太太坐在台阶上，互相温存地问询着。勤务兵似的孩子，赶忙在挑子里面，找寻着温水瓶和毛巾。抬滑竿的夫子，满头都是汗，走下江边去喝江水。兵士们把枪横在地上，从耳上取下香烟缓缓地点燃，吸着。另一个班长似的灰衣汉子，军帽挂在脑后，毛巾缠在颈上，走到我们的面前。枪兜子抵在我的脚边，眼睛盯着野猫子，盘问我们是做什么的，从什么地方来，到什么地方去。

野猫子咬着嘴唇，不作声。

我较从容地回答他，说我们是山那边的人，今天从丈母家回来，在此歇歇气的。同时催促野猫子说：

"我们走吧！——阿狗怕在家里哭哩！"

"是啊，我很担心的。……唉，我的脚怪疼哩！"

野猫子做出焦眉愁眼的样子，一面就摸着她的脚，叹气。

"那就再歇一会吧。"

我们便开始讲起山那边家中的牛马和鸡鸭，竭力做出一副小庄稼人的应有的风度。他们歇了一会，就忙着赶路走了。

野猫子欢喜得直是跳，抓着我喊：

"你怎么不叫他们抓我呢？怎么不呢？怎么不呢？"

她静下来叹了一口气，说：

"我倒打算杀你哩；唉，我以为你是恨我们的。……我还想杀了你，好在他们面前显显本事。……先前，我还不曾单独杀过一个人哩。"

我静静地笑着说：

"那么，现在还可以杀哩。"

"不，我现在为什么要杀你呢？……"

"那么，规规矩矩地让我走吧！"

"不！你得让爸爸好好教导一下子！……往后再吃几个人血馒头就好了！"

她坚决地吐出这话之后，就重又唱着她那常常在哼的歌曲，我的话、我的祈求，全不理睬了。

于是，我只好待着黄昏的到来，抑郁地。

晚上，他们回来了，带着那么多的"财喜"，看情形，显然是完全胜利，而且不像昨天那样小干的了。老头子喝得泥醉，由鬼冬哥的背上放下，便呼呼地睡着。原来大家因为今天事事得手，就都在半路上的山家酒店里，喝过庆贺的酒了。

夜深都睡得很熟，神殿上交响着鼻息的鼾声。我却不能安睡下去，便在江流激湍中，思索着明天怎样对付老头子的话语，同时也打算趁此夜深人静，悄悄离开此地。但一想到山中不熟悉的路径，和夜间出游的野物，便又只好等待天明了。

大约将近黎明的时候，我才昏昏地沉入梦中。醒来时，已快近午，发现出同伴们都已不见了，空空洞洞的破残神祠里，只我一人独自留着。江涛仍旧热心地打着崖石，不过比往天却显得单调些、寂寞些了。

我想着，这大概是我昨晚独自儿在这里过夜，做了一场荒诞不经的梦，今朝从梦中醒来，才有点感觉异常吧。

但看见躺在砖地上的灰堆，灰堆旁边的木人儿，与夹留在我书里的三块银圆时，烟霭也似的遐思和怅惘，便在我岑寂的心上缕缕地升起来了。

1933 年冬，上海

选自《南行记》

人民文学出版社 1985 年版

作家的话 ◈

　　我写《南行记》的时候，虽然已是南行以后好久的事了，但南行过的地方，一回忆起来，就历历在目，遇见的人和事，还火热地留在我的心里。而我也并不是平平静静地着手描写，而是尽量发抒我的爱和恨，痛苦和悲愤的。……我始终以为南行是我的大学，接受了许多社会教育和人生哲学，我写《南行记》第一篇的时候，所以标题就是《人生哲学的一课》。

《〈南行记〉新版后记》

……《山峡中》那位强盗头领的漂亮女儿"野猫子"更使我深深感动。小说一开头就相当恐怖，盗贼们把受伤的同伴扔进大江，头领还高声斥责求情者："天底下的人，谁可怜过我们？"接着的场面更加紧张，"野猫子"竖起眉峰，挥刀威吓那位想离开他们的读书人，她对同伙尚且那样无情，这位才和她同路几天的年轻人一定凶多吉少吧？可官兵突然而至，读书人居然掩护她，她的态度立刻变了，第二天早上他醒来一看，"野猫子"们全都不知去向，只有夹在书中的三块银圆，提醒他并非是做了一场险梦。《荒山上》那位强盗还是主动劝阻流浪汉，"野猫子"的爱憎表露却几乎完全是被动的，她不敢像充满自信的人们那样首先对别人伸出手去。与其因为心软而遭到伤害，不如以强硬来求得生存——一旦看清楚这种可怜的变态心理，谁能不深深同情"野猫子"，格外珍惜她那终于表露出的善良心地呢？

《山峡中》似乎以最突出的方式解释了大部分《南行记》的独特魅力。既然有心再现记忆中的明朗景象，艾芜势必把笔墨集中到人物的善良品性上；可"野猫子"们置身那样一片荒蛮的土地，再主观的作家也不能无视他们周围的愚昧、荒凉和残酷。艾芜真是幸运，他选择的素材本身就具有如此强烈的反差性质，他很自然就要采用对比的方法来安排他的描写。比起那种用想象和夸张来渲染美好事物的做法，这种不声不响的对比显然更能强烈地唤起人们对美的感受。因为在现实的世界上，一切美都只存在于比较当中，单把一朵花孤零零地举在鼻子前面，我一定感觉不到它有什么动人之处；可如果在灰褐色的岩石缝中看见它，背后衬着那样粗蛮的景象，我就能强烈感觉到它的鲜艳夺目。《南行记》中正是充满了这样的对比，不但"野猫子"的笑声和庙外的黑暗形成对比，人物的内心品质也时时显出更为尖锐的对照。唯其是强盗，他对流浪汉的侠义心肠就特别触目；唯其能毫不动容地眼看江涛吞没自己的同伴，"野猫子"的善良才那样动人心魄：人是难以战胜的，就在这些荒凉粗糙的心灵深处，诚意和柔情的花苞不是依然在暗暗开放吗？

王晓明：《沙汀艾芜的小说世界》